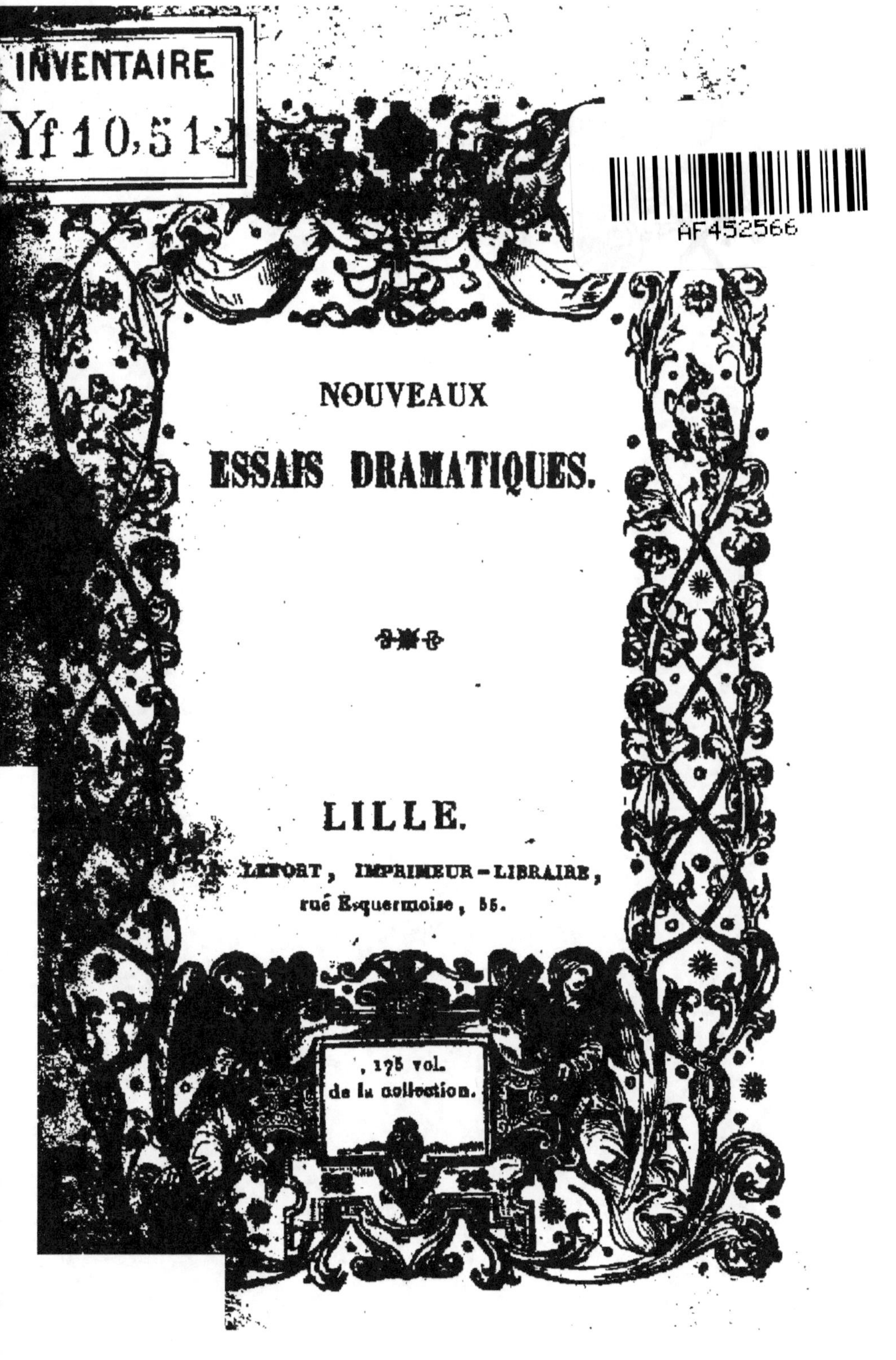

NOUVEAUX

ESSAIS DRAMATIQUES.

LILLE.

LEFORT, IMPRIMEUR-LIBRAIRE,
rue Esquermoise, 55.

, 175 vol.
de la collection.

NOUVEAUX

ESSAIS DRAMATIQUES

NOUVEAUX
ESSAIS
DRAMATIQUES

LE CHARLATAN
FANCHETTE ET MALVINA

TROISIÈME ÉDITION.

LILLE

L. LEFORT, IMPRIMEUR - LIBRAIRE

M D C C C L X I

AVANT - PROPOS

Le charlatanisme des empiriques
fait de nombreuses dupes parmi les
gens ignorants et crédules ; la vanité,
le goût des parures entraînent bien
des jeunes personnes dans des dé-
marches inconsidérées, qui trop souvent les conduisent à de grands mal-
heurs. C'est pour épargner aux uns
le sacrifice de leur argent et souvent

de leur santé ; c'est pour préserver les autres de la perte d'un trésor infiniment plus précieux , celui de l'innocence et de la vertu , que nous offrons à nos lecteurs ces *Nouveaux Essais.* Nous avons cherché à être vrai et naturel , afin d'être mieux compris par les personnes auxquelles nous nous adressons. Nous avons voulu peindre l'intrigue , le mensonge , l'orgueil , la fatuité , en démasquant quelques-uns de leurs ridicules , en révélant quelques-unes de leurs funestes conséquences. Puissions-nous amuser , instruire , détromper , éclairer !

LE CHARLATAN

PERSONNAGES:

Le Charlatan.
Ernest, son valet.
Maître Matthieu, aubergiste.
Le Maire de la commune.
M. Valeran, juge en voyage.
Beau-Soleil, ⎱
Grand-Pierre, ⎰ paysans.
Jobard, paysan ivrogne.
Le Garde-champêtre.
Troupe de paysans.

La scène se passe dans la première cour de l'auberge de
M⁰ Matthieu.

LE CHARLATAN

SCÈNE I

Mᵉ **MATTHIEU**, *aubergiste;* GRAND - PIERRE, *paysan;* BEAU-SOLEIL, *autre paysan*

Mᵉ **MATTHIEU** à *Beau-Soleil qui passe devant la porte de l'auberge*

Hé bien, l'ami Beau-Soleil, vous voilà levé avant votre parent de nom ! vous ne lui ferez pas honte ! N'entrez-vous pas prendre la goutte ? cela réchauffe au matin.

BEAU-SOLEIL *entrant*

Le gousset est vide, maître Matthieu, et j'aime pas prendre à crédit.

Mᵉ **MATTHIEU**

C'est hier à Chaumont que vous avez cassé les bouteilles, au lieu de me réserver votre pratique. Voyez Grand-Pierre, c'est un de mes fidèles ; aussi lui fais-je bonne mesure.

GRAND-PIERRE

Je le crois bien, notre hôte, que vous pouvez bailler la mesure grande ; l'eau de puits et l'eau-de-vie font souvent chez vous mariage ensemble.

Me MATTHIEU

Allons donc, Grand-Pierre ! on voit bien que tu n'es pas en goût ce matin.

BEAU-SOLEIL

Mais, à propos, maître, vous devez avoir aujourd'hui une pratique qui vaut mieux que la nôtre.

Me MATTHIEU

J'ai bien un bourgeois qui est arrivé hier avec son valet et deux chevaux.

BEAU-SOLEIL

Un bourgeois ! vous n'y êtes pas : c'est un seigneur, un prince.

Me MATTHIEU

Tu crois ? Qu'est-ce qui te l'a dit ?

BEAU-SOLEIL

Qui me l'a dit ? j'en suis bien sûr : c'est lui vraiment.

GRAND-PIERRE

Il t'a donc parlé ce prince ? Es-tu heureux de faire de grandes connaissances comme cela !

BEAU-SOLEIL

J'étais hier à Chaumont, et lui était au

milieu de l'assemblée, sur son cheval ; et
puis il a dit : Je suis prince de Tralala. Je
ne peux pas bien dire. Ce qui vaut mieux, il
donne des remèdes gratis.

GRAND-PIERRE

Quelle bonté d'âme !

Me MATTHIEU

Mais paie-t-il bien à l'auberge ? car moi
je ne suis pas prince, et je ne peux donner
mon pain et mon vin gratis.

BEAU-SOLEIL

Il a de grosses bourses d'or ; que ferait-il
de nos sous ?

GRAND-PIERRE

Et son remède, à quoi est-il bon ?

BEAU-SOLEIL

Ça guérit de tout de la tête aux pieds, de la
colique et de la migraine, de la brûlure et du
mal de dents.

GRAND-PIERRE

Quelle merveille ! et tout cela pour rien !

BEAU-SOLEIL

En voilà un petit paquet que je ne donnerais pas pour un louis.

GRAND-PIERRE

Et ce papier imprimé, te l'a-t-il aussi
donné ?

BEAU-SOLEIL

Pour ça, c'est l'explication. C'est son

valet qui donne ça pour deux sous : il faut bien qu'il ait son *pour boire*. Ce n'est pas un valet d'auberge tout de même : il est tout coupé de galons d'or.

—

SCÈNE II

Les précédents ; LE CHARLATAN *en redingote et en bonnet de soie*

LE CHARLATAN

Qui vient ici, dès le point du jour, troubler mon repos ? quel bruit faites-vous à ma porte ? il m'a semblé, monsieur le maître-d'hôtel....

Me MATTHIEU

Monseigneur, je vous prie d'excuser ; ce sont des pratiques.

LE CHARLATAN

On m'a dérangé dans mes méditations profondes. Je préparais un médicament divin, un breuvage d'éternelle jeunesse. Je voulais votre bonheur ; mais votre impertinent bavardage m'oblige à m'en aller.

BEAU-SOLEIL

Ah ! quel malheur pour nous ! faut-il bien être venus là ce matin !

GRAND-PIERRE

-Vous nous ferez bien miséricorde, monsieur le prince ? je garderai plutôt votre porte, pour qu'on ne huche pas auprès.

Me MATTHIEU *avec une révérence*

Je ne savais pas avoir une Excellence chez moi. Votre Excellence a-t-elle trouvé son souper bon, son lit moelleux ?

LE CHARLATAN

Le sommeil ! je n'en ai pas besoin. Ma nuit est consacrée aux recherches de la science. Je m'entretiens avec des génies mystérieux.

BEAU-SOLEIL *à part*

Un sorcier ! je tremble ! (*Haut :*) Ça parle-t-il français, monseigneur, ces gens-là ?

GRAND-PIERRE

Ça boit-il ? ça mange-t-il comme nous ?

LE CHARLATAN

Nation ignorante ! gens grossiers ! il faut toute ma patience, pour vous apprendre les merveilles de mon art.

(*Jobard arrive une bouteille à la main et en chantant :* Eh bon ! bon ! bon ! que le vin est bon ! à ma soif j'en veux boire.)

—

SCÈNE III .

Les précédents ; JOBARD

BEAU-SOLEIL

Et où vas-tu, mon pauvre Jobard ? Dès le matin te voilà pris : à quel heure as-tu donc commencé ?

JOBARD

Ah ça ! qu'est-ce que vous dites , vous autres ? vous avez l'air de me tourner en ridicule.

Me MATTHIEU

On dit, Jobard , que tu n'as pas la jambe sûre.

JOBARD

Si ce n'était pas vous, maître, vous verriez tout à l'heure...

LE CHARLATAN

Il est temps que ce scandale finisse. Faites sortir cet ivrogne, chassez-le de ma présence.

JOBARD

A l'autre maintenant ! Quel est cet original qui se mêle de nos affaires ? il a tout l'air d'un marchand de vin de Paris. Eh ! brave homme ! est-ce du rouge ou du blanc que vous vendez ?

Me MATTHIEU

Veux-tu te taire ! un prince...

JOBARD

Un prince sans principauté ! J'en ai vu moi des princes ; mais ils n'étaient pas tournés comme cela.

BEAU-SOLEIL

Quelle audace ! vieux fou ! Monseigneur devrait te donner un remède pour te guérir.

JOBARD

Ah ! il vend des remèdes ! des attrape-nigauds !

BEAU-SOLEIL

S'il continue, le prince s'en ira : adieu les remèdes gratis. (*Il court à Jobard, et veut l'entraîner.*) Viens donc, Grand-Pierre ; je ne puis pas le porter tout seul.

GRAND-PIERRE

C'est bien vrai tout de même ; un homme ivre c'est comme une bête ! Allons, Jobard, marche, ou je te....

LE CHARLATAN *court vers eux*

Ne frappez pas : je lui pardonne à cause de son état. Emmenez-le dans sa maison, et tâchez de rassembler le plus de monde que vous pourrez ; car je n'ai que quelques heures pour faire mes libéralités : puis je pars, et vous ne me reverrez plus.

—

SCÈNE IV

LE CHARLATAN *seul*

Mes affaires ne vont pas trop mal. Ces bonnes gens donnent dans le panneau à qui mieux mieux ; et puis, je viens de faire un trait de caractère qui me fera valoir... Voyons cependant si tout se prépare pour la séance. Je parie que ce coquin d'Ernest est encore à dormir. (*Il appelle :*) Ernest , Ernest !

SCÈNE V

LE CHARLATAN , ERNEST *son valet en blouse galonnée d'or et en bonnet de nuit*

ERNEST *arrive en se frottant les yeux.*

Quoi? qu'y a-t-il ? le soleil ne paraît pas encore sur l'horizon : vous avez la puce à l'oreille fameusement matin , dites donc, bourgeois ?

LE CHARLATAN

A qui parles-tu, maraud ? tu oublies donc mes titres , monseigneur, mon excellence? me prends-tu pour un savetier?

ERNEST

Je ne me tromperais guère... monseigneur! mon excellence ? c'est bon pour jeter de la poudre aux yeux quand nous sommes en foire ; mais tout seuls nous sommes compères.

LE CHARLATAN

Voyez l'ingratitude ! Moi qui ai changé tes haillons pour cet habit brodé, et l'eau que tu buvais pour du vin à discrétion.

ERNEST

Oh ! pour cela c'est vrai : c'est ce qu'il y a de mieux chez vous.

LE CHARLATAN

Tu reconnais donc alors ma supériorité ? car sans mon talent que serais-tu ? et si je n'avais sur toi l'avantage de l'esprit, j'aurais au moins celui de pouvoir te donner une

volée de coups de canne (*il lève sa canne*)
que mérite ton impertinence. Allons , demande ta grâce.

ERNEST

Oh ! pour cela, jamais. Osez seulement me
frapper ! je me résigne au premier coup, mais
vous le paierez cher.

LE CHARLATAN

Va, j'ai l'âme trop bonne. Mais, dis-moi ,
as-tu ce qu'il faut pour le marché de tantôt :
ta flûte pour attirer le monde, l'explication
de mon remède pour le vendre , et les paquets que je donne ?

ERNEST

J'ai la musique et les papiers, mais je n'ai
pas un seul remède : tout s'est vendu hier.
Deux cents paquets !

LE CHARLATAN

Deux cents paquets à dix centimes , cela
fait vingt francs. Bonne journée ! Mais comptons...

ERNEST

Voilà dix francs pour votre part.

LE CHARLATAN

Comment dix francs pour ma part, valet !
est-ce que tu comptes partager avec moi ?

ERNEST

Je partage bien la peine, il faut bien que je
partage le profit.

LE CHARLATAN

Tu n'auras donc pas de honte de me voler ?

ERNEST

De l'argent si bien gagné ! vous attrapez les autres, et je vous rends la pareille.

LE CHARLATAN

Je te chasse de mon service.

ERNEST

Tant mieux ! j'aurai le profit à moi tout seul.

LE CHARLATAN

Et ma science, qui te la donnera ?

ERNEST

Elle est curieuse votre science ! quelques grands mots que je sais aussi bien que vous, et puis de la terre glaise pilée avec quelques gouttes de fleur d'orange.

LE CHARLATAN

De la terre glaise ! un remède qui m'a coûté tant d'années de travail !

ERNEST

C'est bon à dire aux autres, mais à moi ! ne vous ai-je pas vu, il y a huit jours, en ramasser une grande motte dans un champ ? ne vous ai-je pas épié quand vous l'avez pilée et passée ? Quoiqu'il n'y ait pas long-temps que je sois à votre service, il ne m'a pas été difficile de vous deviner. Allons, pour tout accorder, ne faites pas le rétif, et partageons ; sinon je divulgue partout votre affaire.

LE CHARLATAN

Il faut bien se soumettre, puisque tu es si habile. Va vite dans le coin de ma valise ; tu trouveras ce qu'il faut pour préparer nos drogues : moi je vais rester ici pour amorcer les chalands.

—

SCÈNE VI

LE CHARLATAN *seul*

Voilà un coup de foudre ! qui s'en serait douté ? Ce drôle-là est homme à me couper les bras. Voilà ce que c'est de n'être pas en règle : on a toujours à craindre de pareilles aventures. Je trompe les autres, pourquoi ne me tromperait-il pas ? j'ai moi-même donné l'exemple, et il le suit. Combien j'étais plus heureux autrefois ! je servais un brave homme de médecin ; c'est là où j'ai appris les grands mots. Puis voilà qu'un jour je fis une escapade ; puis je me sauvai pour n'être pas puni ; puis je me dis à moi-même : Essayons à notre tour de la médecine. De la terre pilée, ça ne peut faire de mal à personne ; je n'aurais pas voulu courir le risque de tuer le monde : il y en a bien assez d'autres qui s'en mêlent. On mettra cette terre dans un pot de tisane ; la fleur d'orange y donnera bon goût : voilà un remède excellent qui conviendra à toutes les maladies. Ce qui fut dit fut fait. Mais j'ai grand'peur qu'il m'en cuise! Mon pauvre maître, combien je vous regrette! si votre voisin M. le juge eût su cela, j'étais fait.... Voilà un nouvel arrivant, reprenons notre dignité.

SCÈNE VII

LE CHARLATAN, M. LE MAIRE

LE CHARLATAN

A qui désirez-vous parler, brave homme?

LE MAIRE

A qui parlez-vous vous-même? on ôte toujours son chapeau quand on parle.

LE CHARLATAN

Vous êtes une autorité de la commune?

LE MAIRE

Je suis le maire.

LE CHARLATAN

Ah! monsieur le maire! ah! monsieur Laurent Bernard! mille pardons de ne pas vous avoir remis de suite.

LE MAIRE

Est-ce que vous savez mon nom?

LE CHARLATAN

Certainement, monsieur le maire, je sais votre nom, et il y a longtemps. Lorsque j'étais dans le pays où j'ai reçu le jour, on me parlait de M. Laurent Bernard, maire, propriétaire, cultivateur distingué.

LE MAIRE

Trop honnête, monsieur. J'ai mon petit faisant valoir, et je tâche d'en tirer parti.

LE CHARLATAN

Vous y réussissez merveilleusement. Vous avez des vignes en échalas.

LE MAIRE

Ce n'est pas l'usage dans le pays.

LE CHARLATAN

Des prairies ?

LE MAIRE

Vous connaissez ma propriété artificielle ? j'en suis charmé : c'est un essai qui me fera honneur. Mais vous, qui êtes-vous donc ?

LE CHARLATAN

Vous me connaissez, j'en suis sûr, monsieur le maire, vous qui lisez les papiers publics.

LE MAIRE

Non, peu ; quelques mots de mon almanach, voilà toute ma politique.

LE CHARLATAN

(*Bas :*) Ah! tant mieux! (*Haut :*) Vous êtes un vrai patriarche, monsieur le maire, un homme d'une simplicité admirable : les anciens Romains, les nobles chevaliers vivaient comme vous et n'en savaient même pas tant. Mais à propos de journaux, vous auriez pu y lire dernièrement en toutes lettres que je suis un prince américain très-savant dans la médecine. Vous connaissez l'Amérique, n'est-ce pas, le Mexique, la mer Pacifique.

LE MAIRE

Tout cela n'est-il pas voisin de la noble Belgique ?

LE CHARLATAN

C'est cela, monsieur le maire. Mais vous êtes réellement prodigieux ; vous cultivez à la fois les champs et les beaux-arts. Je disais donc que je connaissais les plantes médicinales. Je me rends à Paris, où les savants doivent s'assembler pour écouter mes découvertes ; et, en passant par votre commune, j'ai voulu en distribuer des échantillons.

LE MAIRE

Etes-vous patenté, pour vendre? Vous savez, la loi est précise.

LE CHARLATAN

Un homme de mérite comme vous, monsieur le maire, sait bien que la science ne se patente pas; d'ailleurs, je ne vends pas mes remèdes, je les donne.

LE MAIRE

Ah ! c'est différent ; soyez le bien venu.

LE CHARLATAN

Et, si vous le permettez, je vais vous en offrir un paquet.

LE MAIRE

Quel jolie enveloppe !

LE CHARLATAN

Sans doute, monsieur le maire, pour vous
on ne peut rien faire de trop. Voici encore
un élixir qui guérit les maux de tête, les
maladies de poitrine : mais celui-là est si
précieux, que je ne l'offre qu'aux personnes
distinguées de ma connaissance.

LE MAIRE

Trop de bonté, monsieur ! si j'osais vous
offrir mon simple dîner, un dindon excellent, des perdrix rouges.

LE CHARLATAN

Moi, monsieur le maire, je suis sans
façon. Quand j'étais dans ma terre de Tlascala, j'allais souvent dîner chez mes fer-
miers. Oh ! monsieur le maire, j'ai pour
vous une amitié.... Je n'oublierai pas votre
dîner : ni vous ni votre dindon ne me sor-
tirez de la pensée.

LE MAIRE *en saluant*

J'ai un mot à dire à maître Matthieu.

—

SCÈNE VIII

LE CHARLATAN *seul*

La vie est, comme on dit, mêlée de roses
et d'épines. Mon valet me trahit ; mais voilà
cet excellent homme de maire qui ne me
demande même pas mon passe-port, et qui,
de plus, m'invite à dîner. Un excellent
dindon, des perdrix rouges ! j'y ferai hon-

neur ; soyez tranquille , monsieur le maire.
J'aurais fait·inviter ce fripon d'Ernest ; mais,
puisqu'il veut partager le profit habituel ,
il n'aura rien au moins dans mes bonnes
aubaines : qu'il vive à ses coches maintenant.
Ah ! drôle , tu te mordras les doigts de ton
audace. Tiens , voilà mon ivrogne , qu'est-ce
qu'il me veut encore ?

—

SCÈNE IX

LE CHARLATAN, JOBARD

JOBARD *son chapeau à la main*

Ah ! monsieur le prince, je viens vous
adresser mille excuses.

LE CHARLATAN

Te voilà donc dans ton .bon sens , pauvre
hère !

JOBARD

Ah ! monsieur le prince, pourrez-vous
oublier tout ce que je vous ai dit ?

LE CHARLATAN

Va , je te pardonne : la clémence est la
vertu des grandes âmes.

JOBARD

Grand merci , monsieur le prince. Me
baillerez-vous aussi un petit remède gratis ,
non pas pour moi, car je n'en use guère,
mais pour ma pauvre femme.

LE CHARLATAN

Qu'a-t-elle ta femme ?

JOBARD

Monseigneur, elle a une grande douleur dans la jambe.

LE CHARLATAN

Tiens, voilà un petit paquet de pilules. Tu lui feras prendre une pilule par jour dans deux verres de tisane.

JOBARD

Elle a aussi la migraine.

LE CHARLATAN

C'est bien ; cela suffit : la pilule guérira tout. Mais toi, n'es-tu point malade ?

JOBARD

Non, monseigneur.

LE CHARLATAN

Sans t'en douter, tu l'es un peu, j'en suis sûr ; mais n'aie pas peur, cela ne sera rien. Ecoute-moi seulement ; je t'ai pardonné : je veux plus faire encore : je veux t'enrichir, te combler de biens.

JOBARD

Ah ! monseigneur !

LE CHARLATAN

Tiens, voilà trois francs pour commencer.

JOBARD

Grand merci à votre grande Excellence.

LE CHARLATAN

Mais il faut à ton tour te montrer fidèle, généreux, reconnaissant.

JOBARD

Jusqu'à la fin de mes jours, monseigneur.

LE CHARLATAN

C'est plus que ce que je te demande ; et, pour prix de ma sublime protection, je n'attends de toi qu'une seule chose.

JOBARD

Quoi, monseigneur ?

LE CHARLATAN

Eh bien ! sois malade.

JOBARD

Malade, monseigneur ! pour vous plaire ?

LE CHARLATAN

Non, tu ne comprends pas, malade pour que je te guérisse. Je te l'ai déjà dit, tu y as une tendance. Voilà que, pendant que je serai sur la place, ta maladie se déclare ; tu as des coliques violentes ; tu comprends : des coliques ; mal au ventre ; cela fait faire des contorsions, comme cela....

(Jobard l'imite.)

LE CHARLATAN

Très-bien ! mais pas si près de moi, je t'en prie ; et puis tu as attrapé une foulure à la jambe droite, entends-tu bien, la droite qui doit être noire ?

JOBARD

Mais, monseigneur, je n'ai pas au moins le commencement de cette maladie-là.

LE CHARLATAN

Non pour celle-là, c'est vrai ; mais on va te la faire : prends un peu de charbon et frotte-toi vers le talon droit.

JOBARD

Oui, j'y suis, au talon droit ; ça ne sera pas difficile à panser : mais la colique guérira-t-elle bien ?

LE CHARLATAN

Ne crains rien ; mes remèdes son infaillibles pour ce genre de maladies-là. Mais surtout du silence : si tu es malade comme il faut, tu verras ce que tu gagneras ; mais, si tu dis un seul mot, tremble. *(Ils sortent.)*

SCÈNE X

Mᵉ MATTHIEU *seul*

Quelle bonne journée aujourd'hui ! Mon auberge de village ressemble à un grand hôtel. Quatre chevaux harnachés au ratelier, ça a meilleur mine que nos habitués à longues oreilles : puis avec cela une espèce de prince ; puis monsieur le juge, qui vient d'arriver avec un domestique. Voyons, calculons : combien cela fait-il de tête ? huit en tout. Voilà le foin, l'avoine qui vont joliment y passer.

SCÈNE XI

Me MATTHIEU , M. VALERAN *en costume de voyage*

M. VALERAN

Etes-vous le maître de l'auberge ?

Me MATTHIEU

Oui, monsieur, pour vous servir.

M. VALERAN

Je viens de faire mettre deux chevaux à l'écurie.

Me MATTHIEU

Monsieur, on en aura soin : ici nous ne manquons de rien.

M. VALERAN

C'est bien pour les chevaux ; mais, pour moi, je voudrais déjeuner dans une heure : qu'avez-vous à me servir ? ·

Me MATTHIEU

Tout ce que vous voudrez, monsieur : vin, viande, poisson....

M. VALERAN

Je suis accoutumé à vivre sobrement. Avez-vous des côtelettes de mouton ?

Me MATTHIEU

Le boucher a oublié d'en apporter ce matin.

M. VALERAN

Eh bien ! du veau ?

Me MATTHIEU

Du veau ! je crois qu'on l'a mangé hier soir. Si monsieur désirait un gigot, on pourrait envoyer à la ville.

M. VALERAN

Vous riez, monsieur l'hôte ! mais enfin qu'avez-vous donc ? j'ai vu des poulets courir.

Me MATTHIEU

Suis-je sot de l'avoir oublié ! on va vous en attraper un : ce sera tué, plumé et rôti dans l'affaire d'un quart d'heure.

M. VALERAN

Et en fait de poisson ?

Me MATTHIEU

En fait de poisson... si vous voulez des œufs, notre ménagère en a de tout frais. Nous ne sommes pas accoutumés à de si beau monde que vous.

M. VALERAN

Passe pour le poulet et les œufs.

Me MATTHIEU

Si vous désiriez déjeuner avec un grand monsieur qui s'est arrêté ici ?

M. VALERAN

J'aime toujours la bonne compagnie. Que fait-il ?

Me MATTHIEU

Il se dit prince, mais je ne le crois guère :

il distribue des remèdes, mais j'aime mieux son argent que ses onguents.

M. VALERAN

Je suis fort de votre avis ; et, pour mon compte, je ne me soucie pas plus de sa compagnie que de ses recettes. Votre maire autorise-t-il de pareils gens ? c'est tromper le peuple que de les souffrir

Mᵉ MATTHIEU

Vous pouvez vous expliquer sur cela avec lui , car le voici.

———

SCÈNE XII

Les précédents ; M. LE MAIRE

Mᵉ MATTHIEU

Monsieur le maire , c'est un juge qui veut vous parler : ce monsieur désire acheter un domaine dans votre commune.

M. VALERAN

Je suis charmé de faire votre connaissance , monsieur le maire , j'espère que je n'aurai qu'à me louer d'être du nombre de vos administrés.

Mᵉ MATTHIEU

C'est un plaisir d'être sous la houlette de M. notre maire ; il ne gêne personne : c'est ici le vrai pays de la liberté.

LE MAIRE

Vous dites vrai, maître Matthieu. Je

n'aime point qu'on me tracasse ; mais , du reste , je laisse bien les autres en paix.

M. VALERAN

Votre devoir souvent doit vous obliger à sortir de cette règle de conduite ; car un magistrat comme vous doit protection aux bons et justice aux méchants. La loi...

LE MAIRE

La loi ! oh ! monsieur , je la connais. Je reçois exactement le bulletin , et la première chose que je fais , c'est de le décacheter, et puis après je le donne à notre secrétaire, qui le garde avec soin.

M. VALERAN

On voit que vous êtes un homme d'ordre , et rien ne se passe sans doute ici sans que vous le sachiez. Avez-vous connaissance d'un charlatan arrivé hier chez maître Matthieu ?

LE MAIRE

Un charlatan ! Non, je ne le souffrirais pas. J'ai lu dans un livre que c'étaient des gens dangereux.

Me MATTHIEU

Monsieur le juge veut dire cet homme qui vous a parlé ce matin.

LE MAIRE

Celui-là n'est pas un charlatan : un charlatan vend ses remèdes, et celui-là les donne.

M. VALERAN

Il les donne! ce serait rare. Mais ne vend-t-il point autre chose ?

Me MATTHIEU

Son valet vend l'explication du remède pour deux sous: c'est, dit-il, sa pièce.

M. VALERAN

Ah ! nous y voilà ! Soyez sûr que le valet et le maître sont d'accord pour vous tromper.

LE MAIRE

Vous croyez? Il disait qu'il était un prince dont parlent les papiers publics ; et, comme je ne les lis pas...

M. VALERAN

Soyez sûr qu'il vous en a fait accroire. Savez-vous que ces gens-là peuvent faire beaucoup de mal ?

Me MATTHIEU

Mais s'ils vendent de l'eau claire, des assiettes pilées, comme je l'ai vu faire à l'un d'eux...

M. VALERAN

Ils volent l'argent des pauvres cultivateurs ou ouvriers, ce qui est toujours un crime ; et, de plus, en leur donnant une fausse confiance, ils les empêchent de faire de véritables remèdes.

Mᵉ MATTHIEU

Et quand ils ont de bons remèdes ?

M. VALERAN

C'est encore bien pis ; car un remède qui convient dans une maladie est un poison dans une autre : mieux encore, un mal d'yeux guérira par une eau qui vous rendra aveugle dans une autre circonstance.

LE MAIRE

J'en ai pourtant vu qui s'en trouvaient bien.

M. VALERAN

D'abord, ces gens-là ont des compères, c'est-à-dire des hommes qui, pour de l'argent, font semblant d'être malades, et s'en retournent ainsi facilement guéris ; puis, je vous l'ai dit, ils peuvent quelquefois réussir ; mais vous ne pouvez croire combien de gens restent toujours infirmes, ou même meurent.

LE MAIRE

Meurent ! mais je ne veux pas mourir, moi à qui ce drôle-là a donné de ses drogues ! Je vais les jeter bien vite : cela m'empoisonnerait.

M. VALERAN

Non, non. Apportez-les plutôt ; cela servira de pièces de conviction.

LE MAIRE

Et mon dindon, dont il devait avaler une aile ! C'est moi qui aurait été le dindon ! Mais qu'il y vienne à mon dindon ! Si monsieur le juge voulait prendre sa place ?

M. VALERAN *riant*

La place du dindon ?

LE MAIRE

Non, non ! la place du faux prince, du charlatan qui devait m'attraper un dîner. Oh ! monsieur le juge, que je vous ai de reconnaissance ! vous m'avez rendu un bien grand service.

Me MATTHIEU

Mais si monsieur le maire faisait arrêter ce garnement. Pourvu qu'on lui fasse payer sa dépense, c'est tout ce que je veux.

LE MAIRE

Oui, tout de suite le faire arrêter ! Avoir voulu me tromper ; un homme comme moi, qui y allais avec tant de confiance ! Ah ! il verra si l'on me trompe : je lui ferai ronger la paille au pain et à l'eau.... Maître Matthieu, envoyez chercher le garde-champêtre, donnez-lui mes ordres.

M. VALÉRAN

Pas tant de vivacité! laissez les gens venir
et votre homme se mettre en séance ; nous
nous tiendrons auprès de lui : je suis sûr
qu'il finira par se trahir, et alors nous le
confondrons devant tout le monde ; autrement, ils ne nous croiraient jamais.

LE MAIRE

Vous êtes bien sage, monsieur le juge,
on ne peut mieux dire. Je vais aller chercher ces maudites drogues.

M. VALÉRAN

Et moi je vais aller déjeuner.

—

SCÈNE XIII

LE CHARLATAN *dans son grand costume ;*
ERNEST *avec sa blouse galonnée et une cas-*
quette

LE CHARLATAN

Tu es un homme preste! Cent paquets
dans une heure! C'est tout ce qu'il faut, je
pense.

ERNEST

Vous ne regretterez donc plus le partage
des bénéfices ?

LE CHARLATAN

Tais-toi, et ne réveille pas ma douleur.

ERNEST

Je vais préparer tout ce qu'il faut pour la séance.... Mais, dites-moi donc, ne vous êtes-vous pas un peu trop rapproché de votre pays ? Vous êtes de Vire en Normandie, et nous n'en sommes qu'à dix lieues : si vous étiez reconnu, adieu la principauté de Tlascala et la bonne vente.

LE CHARLATAN

Il pourrait m'arriver pis encore ; mais enfin risquons aujourd'hui ; et demain nous nous éloignerons : ton avis est bon à suivre.

ERNEST

Tenez, voilà une table pour monter dessus, ce sera votre trône ; et puis voilà une chaise pour votre serviteur.

LE CHARLATAN

Ah ça ! pour le coup, ne va pas me démentir ni oublier mes qualités.

ERNEST *va regarder*

Bonne nouvelle ! je n'aurai pas besoin de ma trompette pour appeler le monde : voilà des paysans en foule et le maire à leur tête....

LE CHARLATAN

Je l'ai mis dans ma manche.

ERNEST

Jusqu'à la police du garde-champêtre.

LE CHARLATAN

Vite en place ! (*Il monte et s'assied sur la table , Ernest monte sur une chaise à son côté.*)

—

SCÈNE XIV

Les précédents ; LE MAIRE (*en écharpe*), BEAU-SOLEIL , GRAND-PIERRE, LE GARDE-CHAMPÊTRE , *troupe de paysans.*

ERNEST

Messieurs et mesdames , n'ayant que peu d'instants à passer dans cette ville, l'illustre seigneur que j'ai l'honneur de servir (*Ernest salue le charlatan, qui rend son salut*) a voulu suivre parmi vous son penchant à la bienfaisance. Vous savez , messieurs et dames, que la bienfaisance est une vertu royale : il n'est donc pas étonnant qu'elle entre dans le caractère du très-haut et très-puissant duc de Tlascala , comte d'Acapulco , fils du roi de Lima, que vous voyez ici en- propre personne. Mon noble prince, messieurs et dames, aurait été roi s'il l'eût voulu, roi de toute la mer Caspienne.

GRAND-PIERRE

C'est-il aussi grand que la France, ça ?

ERNEST

Messieurs et dames , la France, l'Angle-
terre , l'Espagne et l'Italie y danseraient à
l'aise une contredanse : c'est un pays tout
d'or. Son Excellence a préféré travailler au
bien de l'humanité plutôt que de porter une
couronne. Inspirée par des génies supérieurs,
elle a découvert des choses que les plus
savants n'ont pas même soupçonnées. Moi ,
qui vous parle ici, j'ai été aveugle , et les
remèdes de Son Excellenee m'ont guéri ; j'ai
été perclus , et maintenant je marche leste
comme un oiseau ; je crois même que j'ai
été mort, ou peu s'en faut , et maintenant
quel âge me donneriez-vous ?

BEAU-SOLEIL

Vingt-deux ans.

ERNEST

J'en ai quarante, ainsi qu'il est constaté
par mon acte de naissance signé par le roi de
Lima ; et maintenant voilà ce que c'est que
de boire de l'eau d'éternelle jeunesse , dont
monsieur le maire a un flacon qui vaut seul
cent louis.

LE MAIRE *à part*

Le gueusard !

LE CHARLATAN *se lève*

Vous savez donc tous, nobles habitants

de Lorgeais, que je suis un prince qui voyage *incognito;* je suis connu dans l'univers et dans beauconp d'autres lieux. J'ai préparé, avec les odeurs des plantes et les essences de la terre, un baume qui peut guérir de toutes sortes de maladies. Etes-vous sourd? avec mon baume je m'en moque. Etes-vous goutteux? avec mon baume c'est la moindre affaire. Avez - vous des affections chroniques, coliques, paralytiques? mon baume, nobles habitants, a la vertu de les guérir sans peine et sans douleur. Il me semble voir les médecins qui vous offrent des remèdes qui rendent malades seulement à les sentir : au contraire, le jeune enfant, le faible vieillard sourient à mon baume. J'ai atteint le sommet de l'art, *qui miscuit utile dulci.* Mon remède est le plus utile et le plus agréable qui ait été, qui soit et qui sera jamais sous la voûte des cieux ; et ce n'est pas pour moi que je m'en applaudis, c'est pour vous, nobles habitants de Lorgeais, et pour votre gracieux maire monsieur Laurent Bernard.... Approchez tous, et je vais avoir le bonheur de vous offrir à chacun un paquet de ces pilules dorées.

GRAND-PIERRE

A moi, monseigneur! Comment faut - il les prendre ?

(Plusieurs paysans se pressent autour du charlatan.)

ERNEST

Mon ami , si vous preniez ce remède mal à propos, vous seriez un homme perdu ; car il donne la mort. Mais, tenez, voilà une instruction qui vous apprendra ce qu'il faut en faire ; et puis, écoutez, il y a la pièce pour moi : le papier sert à envelopper le remède.

(Grand-Pierre veut prendre le papier ; Ernest le retire jusqu'à ce qu'il ait l'argent.)

—

SCÈNE XV

Les précédents ; Mᵉ MATTHIEU *et* M. VALERAN *se mettent derrière le charlatan (Jobard arrive tranquillement , perce la foule , va tirer Ernest par son habit et lui ôte son chapeau.)*

JOBARD

Dites donc, mon cher monsieur , je suis homme de promesse. Est-il temps que monseigneur me guérisse ?

ERNEST

Imbécile !

LE CHARLATAN

Quel est cet homme ?

ERNEST

Monseigneur, c'est un malade.

LE CHARLATAN

Je l'ai vu, cela suffit.
(*Jobard commence ses contorsions.*)

BEAU-SOLEIL

Jobard ! es-tu fou , mon pauvre Jobard ?

LE CHARLATAN

Arrêtez! cette maladie provient d'une colique affreuse, d'un tortillement d'entrailles.
(*A Ernest :*) Prenez cette pilule, et faites-
la-lui avaler.

(*Ernest s'approche de Jobard et lui met la
pilule dans la bouche ; Jobard la crache et re-
vient tranquille.*)

LE CHARLATAN

Vous l'avez vu tous : cet homme, qui avait
des transports frénétiques, est devenu eu un
instant doux comme un mouton.

LE MAIRE

C'est singulier, monsieur l'opérateur ; car
il a craché la pilule : la voilà par terre.

LE CHARLATAN

(*A part:*) Le misérable ! (*Haut:*) C'est,
monsieur le maire , que l'odeur seule des
pilules suffit pour guérir.

JOBARD

Monseigneur, j'ai bien une autre maladie :
j'ai le talon foulé en tombant.

LE CHARLATAN

Voilà la suite de l'ivrognerie , la colique ,
les blessures ! si je n'étais pas là pour réparer ce dommage !.... A quel talon avez-
vous mal ?

JOBARD

A quel talon ? attendez que j'y regarde.
(*Tout le monde :*) Oh ! oh !

M. VALERAN *qui depuis le commencement de la
scène s'est tenu derrière le charlatan.*

C'est nous qui allons y voir.

JOBARD *s'enfuyant*

Non, non, monsieur ; ce n'est pas vous
qui êtes le médecin.

BEAU-SOLEIL

Comme il fuit pour un homme qui a mal
au talon !

Mᶜ MATTHIEU

C'était une drôle d'invention ! mais pourquoi aller choisir Jobard ?

M. VALERAN

Vous allez en voir d'autres.

LE MAIRE *au* *charlatan*

Au nom de la loi, monsieur l'opérateur, descendez de là !

LE CHARLATAN

Comment, monsieur le maire, vous faites affront à un prince !

LE MAIRE

Un beau prince, un charlatan ! vous ne m'aviez pas dit que vous étiez un charlatan. Vos papiers de suite ?

LE CHARLATAN

Vous ne me les avez pas demandés.

LE MAIRE

Eh bien ! je vous les demande.
(*Le charlatan donne ses papiers ; le maire les donne à M. Valeran.*)

LE MAIRE

J'ai les yeux un peu embrouillés ce matin.

LE CHARLATAN

Ah ! Ciel ! monsieur Valeran ! s'il me reconnaît....

M. VALERAN *lit*

« Jacques Micheau, garçon perruquier. »

TOUT LE MONDE

Ah ! le drôle de prince ! oh ! le trompeur !

M. VALERAN

Que vendez-vous?

LE CHARLATAN

(*A part :*) Payons d'audace. (*Haut :*) Des pilules sans pareilles ; de l'eau d'éternelle jeunesse, eau merveilleuse s'il en fût jamais. (*Il prend la fiole donnée au maire, la débouche et la fait sentir à maître Matthieu, qui se retire en arrière.*) Ce n'est rien ; il faut que le remède fasse son effet.

M. VALERAN

Vous avez violé les lois de l'an XI et de l'an XIII.

LE CHARLATAN

Je ne connais pas, monsieur...

M. VALERAN

Mais il me semble, mon ami, que votre figure ne m'est pas inconnue.

LE CHARLATAN *bas à M. Valeran*

Ah ! monsieur, ne me perdez pas, faites retirer tout le monde, et je vous avouerai tout.

M. VALERAN

Garde-champêtre, éloignez le public.

Mᵉ MATTHIEU *qu'on veut faire en aller*

Mais je suis chez moi...

LE MAIRE

Maître Matthieu, obéiss z à l'autorité.

—

SCÈNE XVI

**LE MAIRE, M. VALERAN, LE CHARLATAN,
ERNEST, LE GARDE**

M. VALERAN

C'est donc toi qui, il y a cinq ans, a quitté mon voisin le médecin après avoir volé ses fruits?

LE CHARLATAN

C'est moi-même, monsieur.

M. VALERAN

Et ce jeune homme qui t'accompagne?

ERNEST

Nous sommes de part, monsieur.

M. VALERAN

Votre nom ?

ERNEST

Ernest Paucheur, maréchal - ferrant de profession, à votre service, monsieur.

M. VALERAN

Vous auriez mieux fait de garder votre état.

ERNEST

Je croyais, monsieur, plus gagner à guérir les hommes que les chevaux.

M. VALÉRAN

Et toi, Jacques, je t'aurais pardonné plus aisément ta première faute, si je t'avais trouvé repentant et gagnant ta vie par un travail honnête. Tu n'as donc pas eu honte de ce métier ?

LE CHARLATAN

Eh ! monsieur, c'est si commode de vivre à ne rien faire !

M. VALÉRAN

Ainsi ta paresse t'a conduit à devenir fripon.

LE MAIRE

Et si vous m'aviez empoisonné !

ERNEST

Il n'y avait pas de risques. Ce n'est que de la terre glaise nos pilules.

LE MAIRE

Et cette eau traîtresse ?

LE CHARLATAN

Il n'y a qu'un peu d'odeur dedans : j'y mettais des simples.

M. VALÉRAN

Tu n'as pas d'autre parti à prendre qu'à aller en prison, et avant tout à détromper ce peuple que tu voulais duper.

LE CHARLATAN

Je me résigne à tout ce que vous voudrez.

SCÈNE XVII ET DERNIÈRE

(Le garde-champêtre fait rentrer les paysans.)

M. VALERAN

Vous avez entendu, mes amis, toutes les vanteries de ces hommes qui sont maintenant si humiliés. Ils se disaient des princes, et ils ne sont que de pauvres ouvriers de votre pays ; ils annonçaient des baumes, des médicaments 'précieux, et tout cela n'est que de la terre de vos champs et de l'eau toute pure. (*Regardant le charlatan :*) En convenez-vous ?

ERNEST

C'est très-vrai, les petits paquets sont de terre glaise ; l'eau, de l'eau de la rivière.

M. VALERAN

Ces gens-là conviennent de leur tromperie, et ils vont être punis conformément à la loi, en attendant, que le garde et deux hommes les mènent en prison.

Mᵉ MATTHIEU

Et leur dépense, qui la paiera ?

LE MAIRE

Ne craignez rien ; leurs effets vous en répondent.

M. VALÉRAN

Et vous autres, ne soyez pas si mal avisés de dépenser votre argent pour enrichir des fripons, et pour écouter des ingrats qui ne craignent pas de nuire à votre santé pour ruiner votre bourse.

FANCHETTE ET MALVINA

PERSONNAGES:

Rosalie,
Fanchette, } filles de service chez Mme Leflin.

La mère Javin, tante de Fanchette.

Marguerite, cousine de Fanchette.

La mère Gothon, ancienne nourrice de Mme Leflin.

Victoire,
Julie, } filles de la mère Gothon.

Malvina, ouvrière, amie de Fanchette.

Clélie,
Florence, } amies de Malvina.

Mme Crolin, marchande.

La scène se passe dans le salon de Mme Leflin.
Cette dame ne paraît pas dans la pièce.

FANCHETTE ET MALVINA

ACTE I

SCÈNE I

ROSALIE, FANCHETTE

FANCHETTE

Ce n'est pas tous les jours fêtes; nous voilà libres pour la journée, mais libres comme il n'y en a guère.

ROSALIE

Pas de maîtresse à la maison, madame ne reviendra que demain de la campagne : on peut pendant ce temps-là prendre tous ses ébats.

FANCHETTE

Ils sont amusants tes ébats!...

ROSALIE

Ils valent bien les tiens.

FANCHETTE

Vraiment oui, c'est charmant d'aller avec mam'selle Victoire se promener dans quelque chemin désert ! Moi, je vais à l'assemblée ; là, au moins, je verrai du beau monde.

ROSALIE

Et tu te feras voir, ce qui vaut encore mieux. C'est si joli, n'est-ce pas, d'être montrée au doigt par tous ceux qui passent !....

FANCHETTE

J'en connais bien qui n'ont pas cela à craindre... Mais cette vieille Gothon n'arrive pas ; elle ne s'est jamais fait tant attendre.

ROSALIE

Te voilà bien ; quand cette bonne mère t'ennuie, tu la brusques et tu te moques d'elle.

FANCHETTE

Pourquoi toujours tousser, cracher, radoter ? et puis encore venir faire sa maîtresse ! A cet âge là on garde ses tisons.

ROSALIE

Tu sais bien qu'elle a nourri et élevé madame : voilà ce qui lui donne un peu d'autorité céans.

FANCHETTE

J'ai bien déjà assez de monde à obéir. Tout ce qu'elle fait de mieux, c'est de venir aujourd'hui garder la maison à notre place.

ROSALIE

Car, sans cela, point de promenade, d'assemblée.

FANCHETTE

Aussi pour sa peine, je lui ferai bonne mine pendant deux jours au moins.

ROSALIE

Mais voilà Gothon ; n'oublie pas au moins la promesse.

— ˑ

SCÈNE II

Les précédentes ; la mère GOTHON ; VICTOIRE *et* JULIE *ses filles*

FANCHETTE

Vous voilà, mère Gothon ! soyez la bienvenue : tenez, voilà une chaise pour vous asseoir.

JULIE

Mademoiselle Fanchette, il y a du nouveau, on n'est pas accoutumé à tant de politesse de votre part.

GOTHON

Vaut mieux une fois que jamais, et je vous suis bien reconnaissante.

ROSALIE

Il faut espérer que cela continuera, mère Gothon : vous êtes venue de si loin ! vous paraissez si lasse ! et tout cela pour notre

FANCHETTE

C'est à moi à faire les frais du remercie-
ment, puisque c'est moi qui profite de la
complaisance.

GOTHON

Il n'y a pas grand mérite à cela, mes
enfants. Je puis prier le bon Dieu ici tout
comme chez moi.

*(Fanchette est près de rire ; Rosalie l'ar-
réte d'un regard.)*

VICTOIRE

Ne venez-vous pas avec nous, mademoiselle Fanchette ?

FANCHETTE

Non..., tenez...., j'aurais bien de la satis-
faction...., mais j'ai promis...., je suis en-
gagée.

ROSALIE

Sans tant d'embarras, dis donc simplement que tu nous préfères mademoiselle
Malvina.

GOTHON

Malvina ! quel est ce nom ? il n'y a pas
de sainte comme cela dans le calendrier :
et la personne qui le porte quelle est-elle ?

ROSALIE

Ce qu'elle est? une ouvrière qui fait la
demoiselle , comme si on ne la connaissait
pas! qu'on trouve toujours partout où il y

a de l'étalage, et qui aime à se faire un cor-
tége des simples dont elle s'amuse comme
elle fait de Fanchette.

FANCHETTE

Vous voyez, mère Gothon, ce n'est pas
moi qui attaque la première : c'est Rosalie
qui dit du mal de son prochain, et du mal
qui n'est pas vrai, au moins. Si vous saviez
combien mademoiselle Malvina a d'esprit,
vous ne pourriez vous empêcher d'approuver
ma conduite.

GOTHON

Il vaudrait mieux qu'elle fût plus ver-
tueuse.

FANCHETTE

Elle a l'un et l'autre, j'en suis sûre.

JULIE *à Fanchette*

Je ne m'étonne pas que, pour aller en
si honorable compagnie, tu te sois acheté
une si belle robe ! Quelle fine indienne !
quelles riches couleurs ! J'aime aussi ces
manches bouffantes ; ça donne une tournure. Mais, ma chère, il te manque quelque
chose.

FANCHETTE

Quoi donc ?...

JULIE

Tu ne vois pas ? un joli fichu, vraiment.

ROSALIE

C'est tout rustique ce mouchoir blanc; avec

une semblable toilette , il faut quelque chose
de mieux : mais je sais bien ce qui a man-
qué ; ce n'est pas le fichu au moins.

JULIE

C'est l'argent pour l'acheter, sans doute.
Ta bourse est-elle vide , Fanchette ?

FANCHETTE

Peut-être. Ce n'est toujours pas du vôtre ,
que j'ai mis. Ah ! (*A part:*) Si je n'avais pas
besoin de Gothon !

GOTHON

Toi qui disais si bien , l'année dernière :
« N'avoir qu'un habillement de grosse serge !
je serais bien heureuse si j'en avais un de
coton ! je ne demanderais pas autre chose. »
L'année prochaine, ma fille, si cela dure,
il t'en faudra un de soie. Les filles n'étaient
pas comme cela de mon temps.

FANCHETTE

Je le crois bien ! elles étaient toutes des
phénix , il y paraît.

GOTHON

Elles portaient souvent les habits dont elles
avaient hérité de leur grand'mère.

JULIE

C'est que les étoffes alors étaient meilleures qu'aujourd'hui. N'est-ce pas , maman ?

GOTHON

Tu as beau rire. On s'amassait de quoi être à l'aise dans sa vieillesse. Je l'ai fait, et je m'en trouve fort bien : si j'eusse mis en rubans tout ce que je gagnais, ta sœur et toi, vous ne seriez pas comme vous êtes maintenant.

VICTOIRE

C'est très-vrai, maman, et nous vous en remercions du fond de notre cœur.

GOTHON

Oh ! ma fille, je sais bien que tu le penses. Mais finissons ce propos. Partez pour votre promenade, et surtout ne revenez pas trop tard.

ROSALIE *à Victoire et à Julie*

Venez avec moi là-haut : j'ai encore quelque chose à prendre.

—

SCÈNE III

FANCHETTE *seule*

Oh ! que j'ai eu de peine à me retenir ! mais si Gothon s'en fût allée !... Il a bien fallu payer ma promenade, en entendant le sermon : c'est à Rosalie que j'en demanderai compte. Malvina ne vient point !.... m'aurait-elle oubliée ? Il y a du plaisir à se montrer avec une demoiselle élégante comme elle ; cela fait honneur dans le monde ... Mais qu'est-ce qu'elles disent, que j'ai l'air paysanne avec mon mouchoir ? Un fichu ! un foulard !... J'y avais bien pensé, mais ma pauvre bourse est si légère.... (*Elle tire un petit sac de son tablier.*) Plus rien dedans. J'ai tout mis ce matin, et du reste, d'ici à six mois je n'ai rien à recevoir. Un fichu ! ah ! qu'en voilà un gentil ! Il est à madame. Regardez comme cela va bien, c'est tout neuf.... Si pour une fois seulement.... je n'y ferais pas de mal.... Mais si madame le savait.... Est-ce que ça peut se reconnaître ? (*Elle l'attache.*) On dirait qu'il a été acheté pour moi.... mais non. (*Elle entend du bruit; elle arrache le fichu et le jette.*)

—

SCÈNE IV

FANCHETTE , JULIE

JULIE

Une personne qui te demande, Fanchette !

FANCHETTE

Malvina ?

JULIE

Eh non ! ce n'est pas Malvina.... Une pauvre femme.

FANCHETTE

Madame n'est pas ici ; on ne donne pas la
charité : ferme-lui la porte.

JULIE

Lui fermer la porte ! elle dit qu'elle est ta
tante... Tiens, la voilà ; fais-la entendre :
moi je ne puis y réussir, et je m'en vas.

—

SCÈNE V

FANCHETTE, LA MÈRE JAVIN[1] *sa tante*

FANCHETTE

Je crois que ma tante est folle de venir à la
ville un jour que la chaleur est si grande ; elle
aurait bien mieux fait de rester chez elle.

LA MÈRE JAVIN

Mam'selle, n'est-ce pas dans ce logis que
demeure ma nièce ? je vous fais bien excuse ;
elle se nomme Fanchon Moreau.

FANCHETTE *à part*

Elle ne me reconnaît pas... si elle pou-
vait s'en aller... Mais que dire ?

LA MÈRE JAVIN *la regarde fixement*

Je croirais pourtant bien que vous êtes ma
nièce, mam'selle, sauf votre respect.

FANCHETTE *criant*

Ma tante !

[1] Il faudrait que la vieille femme parlât d'une manière patoise ; c'est ce que chacun pourra suppléer suivant
le pays.

LA MÈRE JAVIN

Ah ! ma fille , je ne t'ai pas embrassée depuis deux ans ; j'en avais le cœur tout serré : je t'aime autant que ta mère, ma petite Fanchon.

FANCHETTE

Ma tante, je n'ai pas le temps ce soir.

LA MÈRE JAVIN

Comme te voilà faite ! comme une dame à carrosse ! la fille du notaire de chez nous n'en a pas plus. Tu as gagné fameusement des écus en ville ! tu as eu de bonnes pièces.

FANCHETTE *à part*

Elle n'en finira' pas !

LA MÈRE JAVIN

Que je m'assoie ; je suis harassée.

FANCHETTE *à part*

Voilà le reste... Il faut bien couler un mensonge.

LA MÈRE JAVIN

Tu es charmée de me voir, n'est-ce pas , ma petite fille ? Tiens, je ne t'ai pas oubliée : voilà un petit panier de poirillons ; ta petite cousine Javote les a fait cuire ; et puis Louison, qui envoie six œufs frais à ta dame et un beau joli poulet pour ta petite maîtresse.

FANCHETTE

(*A part:*) Elles seront bien riches après !
(*Très-haut:*) Ma tante, à mon tour ! écoutez-moi.

LA MÈRE JAVIN

Si je t'écoute, chère amie, petite mignonne !

FANCHETTE

Il faut que je sorte, ma maîtresse m'a donné une commission pressante.

LA MÈRE JAVIN

Va, ma mignonne, va la faire ; je t'attendrai.

FANCHETTE *à part*

Ce n'est pas mon compte.

LA MÈRE JAVIN

Tu ne seras pas longtemps, n'est-ce pas ?

FANCHETTE

C'est très-loin, il faut que je parte tout à l'heure.

LA MÈRE JAVIN

Tu reviendras tout à l'heure ; je te reconnais bien-là, leste comme un oiseau

FANCHETTE *avec impatience*

Vous n'entendez pas ; vous ne comprenez rien, ma pauvre tante !

LA MÈRE JANIN

Si bien, si bien, je t'écoute ; parle.

FANCHETTE

Il faut que vous alliez chez ma cousine Marguerite ; demain matin je vous verrai avant que vous partiez. Mais ça se trouve à merveille : voilà Marguerite.

SCÈNE VI

FANCHETTE , LA MÈRE JAVIN , MARGUERITE.

FANCHETTE

Tu viens à propos, Marguerite. Tiens, voilà notre tante qui est venue pour te voir ; emmène-la donc chez-toi : ça fera plaisir à ta mère.

MARGUERITE

Cette bonne tante, si âgée que cela, faire trois grandes lieues à pied !

FANCHETTE

C'est ce que je disais ; ç'aurait été plus sage de rester chez elle.

MARGUERITE

Ma tante !

FANCHETTE

Crie donc plus haut ; elle est sourde comme un pot : c'est ennuyeux !

MARGUERITE

Notre tour viendra, ma chère.... Ma tante, je vous en veux d'être venue d'abord chez Fanchette ; vous l'avez toujours pré-férée.

LA MÈRE JAVIN

Un peu, c'est vrai ; mais ne te fâche pas : je suis venue aussi pour ta mère et pour toi.

MARGUERITE

Eh bien ! allons vite ; je vais vous donner

le bras ! et toi, Fanchette, prends lui l'autre
main : ce sera notre promenade pour ce soir.

FANCHETTE

(*Bas :*) A d'autres ! (*Haut :*) Impossible,
ma bonne, j'ai des ordres de ma maîtresse
pour sortir ce soir ; j'ai une commission bien
loin à faire, et très-pressée.

MARGUERITE

De quel côté donc ?

FANCHETTE

(*Avec embarras :*) De quel côté ?.... au
bout du faubourg.... oui , je crois....

MARGUERITE

Précisément, ce sera ton chemin pour venir
avec nous.

FANCHETTE

Vraiment oui, à pas de puce, pour rentrer
à dix heures du soir.

MARGUERITE

Allons, ma chère, adieu. (*Elle veut prendre le panier.*)

LA MÈRE JAVIN

Non , non , Marguerite , laisse ces poirillons ; c'est pour Fanchette ; je t'en appor-
terai la prochaine fois : c'est Javote qui les
lui donne.

FANCHETTE

(*Avec dédain :*) Emporte, va, Marguerite ;
je n'ai que faire de ces petits poirillons : je
ne manque de rien ici.

MARGUERITE

(*Elle laisse le panier.*) Va, méprisante ; va, dédaigneuse, nous n'avons pas besoin de tes cadeaux pour vivre : quoique tu portes la dentelle, on vaut bien autant que toi. (*La mère et Marguerite s'en vont.*)

SCÈNE VII

FANCHETTE *seule.* (*Elle regarde à la porte.*)

S'en vont-elles bien ? Ah ! quelle délivrance ! je ne veux toujours pas devenir vieille et insupportable comme cela. Mais quel conte je leur ai fait ! J'ai bien de la peine pour aller avec Melle Malvina ! Si j'étais découverte, ni ma tante ni ma mère ne me le pardonneraient pas. Marguerite est capable de m'épier pour voir si je vais bien au bout du faubourg : la méchante !... C'est commode à faire un mensonge ; mais après, cela pèse sur la conscience... Mais voilà les autres qui descendent.

SCÈNE VIII

FANCHETTE, ROSALIE, VICTOIRE, JULIE

JULIE

Vous êtes encore là, mademoiselle Fanchette? Melle Malvina a le ton du grand monde ; elle se fait joliment attendre.

ROSALIE

Elle n'a pas sans doute encore fini de
causer avec son miroir.

JULIE *regarde dans le panier*

Que tu es heureuse, Fanchette, d'avoir une
tante qui t'apporte de si bonnes poires !

FANCHETTE

Laisse donc ce panier, curieuse !

ROSALIE

Dis-m'en, si tu veux , autant. Mais qu'en
as-tu donc fait, de ta tante ? je croyais que tu
serais restée pour la garder.

FANCHETTE

Tu le fais toujours bien exprès, pour me
tourmenter ! comme si je n'avais pas assez
d'ennui !

VICTOIRE

J'ai vu la cousine de Fanchette , Marguerite, qui emmenait sa tante.

FANCHETTE

C'est vrai ! mademoiselle Victoire , c'est
elle qui a voulu s'en aller. Mais voyez cette
Rosalie ! elle qui me reproche si bien mon
déshabillé d'indienne , n'a-t-elle pas un tablier presque tout pareil ?

VICTOIRE

Rosalie est plus âgée que vous, Fanchette ;
d'ailleurs, elle a de bonnes épargnes, et avant
tout, elle s'est acheté du bon et du solide.

6 *

JULIE

Témoin cette grosse pièce de toile blanche
que j'ai vue dans son armoire. Si j'en avais
seulement la moitié !

FANCHETTE

Mais vous, mademoiselle Victoire, vous qui
soutenez Rosalie, pourquoi vous habillez-vous
donc si simplement ? vous n'avez qu'un simple mouchoir de mousseline, jamais de tulles
ni broderies.

JULIE

Moi, je réponds pour ma sœur : c'est pour
le bon Dieu qu'elle le fait ; elle serait fâchée
d'attirer le moindre regard. Voyez, on lui
avait fait cadeau de ce joli mouchoir , et
elle me l'a donné...

Tenez, Fanchette, voilà votre consolatrice.
(*Elles sortent , Malvina entre en les saluant
à peine.*)

—

SCÈNE IX

FANCHETTE , MALVINA

MALVINA

Je t'ai fait attendre , petite ?

FANCHETTE

Cela n'est rien, mademoiselle , j'ai tant de
plaisir d'aller avec vous !

MALVINA

Dis-moi, tu ne comptes pas sortir avec

ce mouchoir ? C'est affreux, ma chère ; avec ta robe il te faut un fichu.

FANCHETTE

Un fichu, mademoiselle ?

MALVINA

Certainement un fichu, une collerette. Est-ce que tu ne crois pas à mon goût ? je suis toujours en avance sur la mode.

FANCHETTE

Si vraiment, mademoiselle ; mais je n'ai encore ni l'un ni l'autre.

MALVINA *prend par un coin le fichu que Fanchette a laissé sur la table*

Tiens, voilà le fichu trouvé ; c'est charmant, c'est ce qu'il te faut. Ça ne vaut pas toutefois un schall comme le mien.

FANCHETTE

C'est égal ; je me contenterais bien de ce fichu, s'il était à moi. Il est....

MALVINA

A ta camarade ?

FANCHETTE

Non, à ma maîtresse.

MALVINA

Qu'est-ce que cela fait ? Tu ne veux pas le voler ?

FANCHETTE

Que le Ciel m'en préserve !... mais ce ne sera pas bien tout de même.

MALVINA

Allons donc, scrupuleuse ! fie-toi à ce que
je te dis.

FANCHETTE

Il y a bien aussi là-haut une collerette que
j'ai passée au fer hier !

MALVINA

C'est cela : ça fera le complet. Va vite
t'habiller : si la collerette se chiffonne, tu
en seras quitte pour la passer de nouveau.

FANCHETTE

Vous m'apprendrez donc à me tenir comme
vous, mademoiselle Malvina ? je suis si cam-
pagnarde que je ne sais même pas faire la
révérence.

MALVINA

Ne crains rien, tout ira zà merveille.
*(Fanchette sort un instant, puis elle re-
vient.)*

FANCHETTE

A propos, mademoiselle ! avec toutes ces
demoiselles qui se nomment en *a*, en *i*,
Délia, Dalia, Fanny, Jenny, mon nom de
Fanchette n'ira guère bien, donnez-m'en
vite un autre.

MALVINA *riant*

Tu t'appelleras *Chloé*.

FANCHETTE

Ne l'oubliez pas au moins. *(Elle repasse*

en elle-même.) Cloué, Chloa..... non.....
Chloé.... ah ! oui, Chloé !

———

SCÈNE X

MALVINA *seule*

L'assemblée m'amusera bien ; mais je rirai
encore mieux de cette petite imbécile. Il n'y
a pas un an, ça était à la queue des moutons,
et ça veut s'égaler à nous. A la bonne heure
quand on se présente comme moi. Mais cette
Fanchette, faite comme un fagot, noire
comme un corbeau, il me tarde de la voir
avec sa collerette et son fichu. A propos ! et
son nom ? Délia, je crois. Non, j'oublie déjà
son baptême d'orgueil, Chloé, Chloé la gentille ; je vais faire rire Clélie et Florence qui
doivent nous prendre. Mais c'est assez peut-
être.... Ah ! Ciel ! madame Crolin, ma créancière !

———

SCÈNE XI

MALVINA , Mme CROLIN

MALVINA

Ah, qui a pu, madame Crolin, vous in-
diquer le chemin de cette maison ?

Mme CROLIN

Ceux qui le savaient, ma petite belle ; ceux
qui le savaient.

MALVINA

C'est peut-être à la maîtresse que vous
avez affaire? elle n'y est pas.

Mme CROLIN

C'est à vous que j'ai affaire, ma mignonne.

MALVINA

A moi? quel service puis-je vous rendre?
vous avez l'air tout effaré.

Mme CROLIN

Il faut me rendre le service de payer,
acquitter; vous comprenez....

MALVINA

Comment se porte monsieur votre mari?

Mme CROLIN

Il se porte sur ses jambes, ma mignonne,
c'est un homme qui paie toujours à point.

MALVINA

Et moi, madame Crolin, je paierai.... Et
l'intéressante demoiselle Flavie, votre fille,
cette charmante personne, voudriez – vous
m'en donner des nouvelles?

Mme CROLIN

C'est elle qui a écrit votre mémoire.
(*Elle met la main à sa poche.*)

MALVINA

Je n'avais pas besoin de cela pour le recevoir avec plaisir. J'aime tant à être votre dé-
bitrice, madame Crolin !

Mme CROLIN

Et moi je me passerais bien d'être la créancière de tant de mauvaises payeuses. Crédit est à l'agonie, je vous en préviens.

MALVINA

Ce n'est pas pour moi que vous dites cela; je suis d'une exactitude rare. Il n'y a pas, je suis sûre, plus de deux ou trois mois....

Mme CROLIN

Deux ou trois mois! dites donc deux ou trois ans. Tenez.... (*Elle tire un petit registre et met ses lunettes.*)

MALVINA

Je vous crois sur parole.

Mme CROLIN

Non, non. (*Elle lit :*) « Du 15 novembre 1832, vendu à mademoiselle Malvina une ceinture, 3 francs. »

MALVINA

A propos, madame Crolin, vous avez été malade? Si vous saviez quel intérêt....

Mme CROLIN

« Du 3 mars 1833, une aune de galon, 5 sous. »

MALVINA

Quelle vétille, madame Crolin !.... A votre figure, je crains que vous ne soyez pas rétablie.

Mme CROLIN

« Du 16 avril 1833, pour une dentelle, 12 francs. »

MALVINA

Douze francs ! c'est une erreur, madame Crolin, vous avez vendu la pareille 10 francs à Pauline Lebeau.

Mme CROLIN

Qu'importe Pauline Lebeau à notre affaire ? Ce n'était pas la même pièce que la vôtre.

MALVINA

Pardonnez-moi, madame Crolin ; voyez sur votre registre.

Mme CROLIN

Mademoiselle Pauline n'y est jamais, ma mignonne ; toujours l'argent à la main.

MALVINA

Ah ! voilà sans doute pourquoi elle gagne 40 sous.

Mme CROLIN

« Du 17 octobre 1833, un schall. » (*Elle regarde Malvina.*) Le voilà précisément : « Un schall cachemire, 50 francs. »

MALVINA

(*A part :*) Usurière ! effrontée ! (*Haut :*) Elisa ne vous a payé le sien que 40, madame Crolin ; c'est trop écorcher vos pratiques.

Mme CROLIN

« Du 19.... »

MALVINA

(*Bas:*) Comment en finir? (*Haut:*) Allons,
madame Crolin, j'en passe par tout ce que
vous voulez ; je serais fâchée d'avoir avec
vous le moindre différend : combien cela
fait-il en tout ?

Mme CROLIN

Cent francs.

MALVINA

Cent francs ! cela suffit ; je vais vous donner cela.

Mme CROLIN

Vous allez solder complètement ? c'est
charmant de votre part ; je ne m'y attendais
pas.

MALVINA

Vous aviez tort, madame Crolin ; je re-
gardais cela comme une bagatelle pour vous
et pour moi. Une riche commerçante comme
vous n'est pas à cela près ; vous n'attendiez
pas cent francs pour payer vos billets : si je
vous eusse crue pressée, je me serais hâtée
moi-même.

Mme CROLIN

C'est que.... voyez-vous, ma mignonne,
je pars pour emplettes après-demain, et l'on
a besoin de rassembler ses fonds.

MALVINA

Mais, madame Crolin, si j'osais vous

offrir mes économies ; elles sont à votre dis-
position : je vous confierais tout ce que je
possède.

Mme CROLIN

Grand merci, ma mignonne ; ce ne serait
peut-être pas bien lourd.

MALVINA

Ce n'est pas bien, madame Crolin ; vous
me dites encore des choses désagréables, à
moi qui vais payer sans discussion un mémoire de cent francs.

Mme CROLIN

Je pourrais bien vous passer cela pour
95 francs, puisque vous êtes si aimable.
J'étais un peu en humeur, allons, comptons.

MALVINA

C'est après-demain que vous partez ?

Mme CROLIN

Sans doute, mais il faut que ce soir....

MALVINA

Quelques heures de retard, ce ne sera
rien. Vous sentez, madame, que je n'ai pas
d'argent ici ; je fais comme vous, je ne
porte pas mes écus sur moi ; ce serait trop
pesant : demain matin, avant huit heures,
je suis chez vous.

Mme CROLIN

Avant huit heures ?

MALVINA

Dès six heures, si cela vous plaît. Il fait

un temps superbe ce soir, madame Crolin :
vous allez sans doute en profiter.

Mme CROLIN

Si à huit heures précises....

MALVINA

Mes compliments, je vous en prie, à votre
délicieuse famille.

Mme CROLIN

Je fais signifier, saisir ...

MALVINA

Vous vous oubliez, madame Crolin. Je vous
salue ; bonne promenade. Demain je saurai
de vos nouvelles, et 100 francs...

*(Malvina, qui a poussé peu à peu madame
Crolin, ferme vivement la porte sur elle.)*

SCÈNE XII

MALVINA *seule*

Ah! harpie! ah! mégère! je te porterais
100 francs pour des objets qui n'en valent
pas 60! Ce que c'est pourtant que de se
créditer chez de semblables gens! A trois
heures de la nuit, je pars pour la campagne ;
j'y reste trois mois : qu'elle me cherche à six
heures du matin ou à huit! je ne veux pourtant pas la voler, la frustrer de ce qui est
légitime; nous réglerons à mon retour. D'ailleurs, je dois bien quelque chose aussi à mon
cordonnier, à mon boulanger, etc. Si je ne

veux pas faire banqueroute, il est temps d'y songer : demain nous verrons à cela; car ma dernière pièce pourra bien passer dans notre promenade de ce soir... Et mademoiselle à collerette, elle ne descend pas ! c'est bien heureux qu'elle n'ait pas été là ! mais, voilà Florence et Clélie : rassurons-nous.

—

SCÈNE XIII

MALVINA , FLORENCE *et* CLÉLIE

MALVINA

Vous voilà, mes chères amies? le temps m'a paru long. Que de plaisir nous allons prendre !

CLÉLIE

Il me semble déjà être au milieu de ce tourbillon de toilettes, de rubans, de dentelles ! je veux toujours bien remarquer tout ce qui sera dans le goût le plus nouveau.

MALVINA

Et les petits spectacles, les danseurs de corde, les paillasses aux gros rires; c'est cela qui amuse! L'idée seule des violons me fait bondir de joie.

FLORENCE

Ne me parlez pas de vos danses; je n'en approcherais pas de cent pas.

MALVINA

Te voilà devenue difficile.

FLORENCE

Tu ne m'as jamais vu me mêler aux danses. Libre à toi de le faire si ça te convient ; mais je ne veux pas me confondre avec la canaille qui s'y rend de tous les quartiers.

CLÉLIE

Il est vrai qu'on y fait quelquefois d'assez chétives connaissances ; et puis le monde est si méchant...

FLORENCE

Le monde dit quelquefois qu'on ressemble à ceux qu'on fréquente : je suis bien un peu frivole, mais je ne veux pas aller plus loin.

MALVINA

(*Avec un air pensif :*) On ne s'arrête pas facilement dans ce chemin-là. (*Puis avec ironie :*) Savez-vous, mam'selle la renchérie, que vos prétentions sont fort ridicules ! quand on veut faire la leçon aux jeunes gens, on a soin de leur donner l'exemple.

CLÉLIE

Vraiment, Florence, tu aurais dû me quitter pour suivre mademoiselle Victoire, que nous avons rencontrée en venant ici.

FLORENCE

Je n'aurais peut-être pas fait si mal.

MALVINA

C'est vraiment dommage que cette Victoire soit trop dévote : elle aurait tout ce qu'il faut pour réussir , de l'esprit et le reste à l'avenant.

CLÉLIE

Malgré la simplicité de son costume , elle est estimée de tout le monde : dans les meilleures maisons on ne parle d'elle qu'avec une espèce de respect.

FLORENCE

C'est qu'il n'y a point de beauté dans le monde qui puisse valoir son air de modestie et de douceur.

MALVINA

Tu reviens du sermon , ma chère , ou du moins on le croirait. Tiens , pour te dérider , demande à notre nouvelle débutante, quand elle sera descendue, ce que lui a coûté son beau fichu.

FLORENCE

A Fanchette , la jeune fille d'ici que nous allons emmener ?

MALVINA

Gardez-vous bien de l'appeler Fanchette , c'est trop vulgaire : c'est mademoiselle Chloé , qui nous honore ce soir de sa compagnie.

FLORENCE

Quelle métamorphose ! cela vaut , à mon gré , toutes les comédies, Fanchette en demoiselle !

CLÉLIE

Et en demoiselle de théâtre. Chloé, Chloé!
je n'en puis revenir. C'est toi, Malvina, qui
lui a mis cela dans l'esprit?

MALVINA

Moi! vous me croyez donc capable de
tout? Pour des amies, vous avez de moi bien
mauvaise opinion.

—

SCÈNE XIV

MALVINA, CLÉLIE, FLORENCE, FANCHETTE

MALVINA

As-tu bien pris deux miroirs, un devant
et un derrièré, pour voir si ça allait bien?
(*Elle arrange la collerette de Fanchette.*)
Ça a l'air d'un apprentissage.

FANCHETTE

(*Bas :*) Qu'est-ce que vous dites là,
mam'selle Malvina?

CLÉLIE *et* **FLORENCE** (*sans regarder Fanchette*)

Nous avons l'honneur de saluer mademoiselle Chloé, nous sommes enchantées...

FANCHETTE

Laquelle de vous, mesm'selles, qui s'appelle Chloé?

CLÉLIE

Eh! c'est vous, ma charmante, qui avez
ce joli nom.

FANCHETTE

C'est vrai, je ne faisais pas attention.

FLORENCE

Quel joli fichu vous avez là, aimable Chloé! une modiste n'eût pas mieux choisi.

CLÉLIE

Et surtout ne le mettrait pas avec plus de succès. Quel prix cela vous coûte-t-il?

FANCHETTE

Combien croyez-vous qu'il vaut? (*Elle s'arrête un instant.*) Je verrai si vous devinez juste.

FLORENCE *souriant*

Pas si mal trouvé! Cela vaut trente francs.

FANCHETTE

Vous êtes sorcière, je crois. A force de marchander, je l'ai eu pour vingt-neuf francs et dix sous.

MALVINA

Vous ne voyez point que Florence veut rire, petite Chloé, votre fichu ne vaut que vingt francs.

FANCHETTE

Vous croyez, mademoiselle? j'ai donc été trompée, ou bien j'ai si peu de mémoire.

CLÉLIE

A vingt ou trente francs je veux avoir un

aussi joli fichu que celui-là : j'en veux un
qui lui ressemble. Vous me direz le nom de
votre marchand, n'est-ce pas , Melle Chloé ?

FANCHETTE *étonnée*

Ah! vraiment! mademoiselle , je vous l'ai
dit, je n'ai pas de mémoire... marchand...
je n'y suis plus.

CLÉLIE

Allons donc ! pas de mémoire ! vous êtes
trop spirituelle pour cela.

FLORENCE

Ce n'est pas joli, petite cachoteuse, pour
des amies.

FANCHETTE

Eh bien ! mademoiselle, le marchand qui
demeure là au bout... vis-à-vis...

CLÉLIE

La halle au blé ?

FANCHETTE

Oui , cela même.

MALVINA

C'est un carrossier.

FLORENCE

Mais vingt pas plus loin il y a...

MALVINA

Tu y es, ma chère : remercie Chloé ; elle
t'a dit son secret.

CHLOÉ

Ne partons-nous pas? (*Elle prend la main de Florence.*)

MALVINA *regarde la main de Fanchette*

Qu'as-tu là Fanchette ?

FANCHETTE *avec impatience*

Ne le voyez-vous pas ?

MALVINA

Une bague à diamant ?

FANCHETTE

Vous en avez bien, vous.

MALVINA *à part*

Une bague à sa maîtresse ! ce n'est pas moi que le lui ai conseillé.

(*Elles sortent toutes.*)

FIN DU PREMIER ACTE.

ACTE II

SCÈNE I

GOTHON *seule*

J'ai eu le temps de lire tous mes offices, de réciter toutes mes prières. Quand elles sont en promenade, ces demoiselles comptent moins les heures qu'à l'ouvrage. Il est près de neuf heures du soir, et mes filles ne sont pas revenues ! Il y a longtemps que cela n'est arrivé ; à leur retour elles auront à qui parler. Cependant, avec Victoire, je n'ai guère à craindre : toutefois il n'y a point si bonne horloge qui ne se dérange ; et, si l'on n'a pas les meilleures raisons, on verra si je sais gronder quand il le faut.

SCÈNE II

GOTHON *et ses filles*

GOTHON

Vous voilà, mesdemoiselles ! on voit bien qu'il ne faut pas beaucoup vous lâcher la bride, si l'on ne veut pas que vous en abusiez. A neuf heures du soir vous trouver dans les rues ! et votre compagne Rosalie, qu'en avez-vous fait ?

VICTOIRE

Elle est montée un instant dans sa chambre.

GOTHON

Pourquoi rentrez-vous si tard ? parle, mon enfant, explique-toi.

VICTOIRE

Vous ne nous en voudrez plus, ma chère mère, quand je vous aurai dit ce qui nous a un peu mises en retard. Nous sommes passées vis-à-vis la chapelle des Carmélites ; elles chantaient de si beaux cantiques que nous sommes entrées pour les entendre ; et puis nous sommes restées à la prière.

GOTHON

Il n'y a pas de mal à cela. Allons, la paix soit avec vous !

JULIE

Et si vous saviez, maman, tout ce que nous avons vu dans notre promenade ! Nous avons été du côté du grand moulin ; j'ai couru, tout le long de l'eau, dans ces jolis prés. Voyez ce joli bouquet que j'ai ramassé et que je vous apporte ; il était moitié plus gros ; j'en ai laissé une partie à l'autel de la sainte Vierge, dans la chapelle des religieuses.

GOTHON

C'est bien, ma chère Julie ; tu n'auras jamais de meilleure protectrice. N'avez-vous trouvé personne de connaissance ?

VICTOIRE

Peu de monde : Rosette, qui promenait

sa vieille tante aveugle ; le père Gonin et ses fils.

GOTHON

Ce sont là des garçons raisonnables.

JULIE

Et le père Vatout avec sa famille.

GOTHON

O les braves gens ! ils n'aiment ni le bruit ni la dissipation ; mais ils trouvent bien plus de bonheur dans leur amitié mutuelle.

VICTOIRE

Nous avons passé vis-à-vis du jardin de monsieur Fréville , où le jardinier nous a fait entrer avec beaucoup de complaisance.

JULIE

Quel beau jardin, ma mère ! je ne pouvais assez admirer tous les parterres ornés de fleurs toutes rouges, toutes d'or, toutes blanches, qui sentaient si bon ; mais on n'y touchait que des yeux. Il y en avait qui étaient dans des cages de verre, de peur sans doute que le froid ne les fît périr.

GOTHON

Nos vertus sont comme ces fleurs, mes enfants ; les plus précieuses doivent être gardées avec beaucoup de soin, si l'on ne veut pas qu'elles se flétrissent. Mais, ma bonne Julie, tu ne serais pas fâchée, je

crois, de recommencer pareille promenade
tous les jours.

JULIE

Point du tout ; il faut bien que je travaille
pour vous ressembler ; et je vous assure que
toute la semaine, je serai de bon cœur à l'ouvrage, sauf à se revoir dimanche, si cela plaît
à Dieu.

GOTHON

Certainement , ma fille, le bon Dieu se
plaît aux plaisirs innocents que l'on goûte à
ton âge. Ce sont ces plaisirs-là que l'on désire sans inquiétude et ceux auxquels on se
livre avec une joie pure.

VICTOIRE

Le souvenir qu'on en garde n'a rien d'amer
ni de honteux, comme il arrive souvent dans
les plaisirs du monde.

—

SCÈNE III

Les précédentes ; ROSALIE

ROSALIE

Croiriez-vous ce que je vais vous dire ? non
vraiment, vous ne le croirez jamais.

VICTOIRE

Qu'est-ce qu'il y a donc de si curieux , de
si nouveau ?

ROSALIE

(*Elle rit.*) Je veux le garder pour moi ;
c'est trop singulier, trop drôle.

JULIE

De belles merveilles ! je pense. Voyons , mademoiselle, ne vous faites donc pas tant prier pour les dire.

ROSALIE

Que me donnerez-vous ?

JULIE

Si j'osais , je sais bien ce que je vous donnerais...

ROSALIE (*tirant de sa poche le mouchoir blanc de Fanchette*)

Ecoutez ; je n'ai plus trouvé la collerette de madame ; je ne vois plus là son fichu : voici le mouchoir de Fanchette : c'est donc ma Fanchette qui s'est affublée de cette parure. Voyez où l'orgueil va se nicher !

VICTOIRE

Je craignais bien pour elle la compagnie de cette Malvina.

JULIE

Elle doit avoir une tournure gentille avec un tel accoutrement ! n'est-ce pas, maman , nous ne nous en irons pas avant de l'avoir vue ? Tout ce qui m'inquiète, c'est qu'en plaisantant je lui ai donné cette idée.

GOTHON

Je ne ris pas, mes enfants, de cette conduite ; c'est un bien mauvais présage pour l'avenir : si jeune et déjà si pleine de vanité , et surtout déjà si peu délicate pour la satisfaire.

JULIE

Il me semble que je ne serai jamais si sotte que de me parer ainsi des plumes des autres.

GOTHON

J'en suis persuadée, ma fille ; mais tu ne sais pas combien on va vite quand on écoute ses premiers penchants. Aurais-tu cru , il y a deux jours , Fanchette capable d'une étourderie pareille? je ne t'ai jamais fait la guerre sur un peu trop d'amour-propre dont je crois m'apercevoir : mais l'occasion se trouve bonne pour te le dire.

—

SCÈNE IV

Les précédentes ; LA MÈRE JAVIN, MARGUERITE
(*On fait du bruit à la porte ; Julie y court et rentre en criant.*)

JULIE

Ah ! maman ! maman ! sauvez-moi ! défendez-moi !

VICTOIRE

Quoi ! qu'as-tu ?

JULIE

La bonne femme au petit panier qui veut me battre : elle me prend pour sa nièce.

MARGUERITE

(*Très-haut :*) Faites donc attention ma tante ! (*Elle retient le bras que la mère Javin lève armé de son bâton.*)

LA MÈRE JAVIN

Ah ! traîtresse ! tu ne t'échapperas pas. Voyez cette menteuse, cette faiseuse d'invention ! elle a honte de moi, elle me renvoie, elle me renie.

GOTHON

Calmez-vous, ma vieille mère : votre nièce n'est pas là.

LA MÈRE JAVIN

Elle n'y est pas ! n'est-ce point que vous voulez la cacher ? elle n'y est pas ! eh bien ! je l'attendrai.

MARGUERITE

Ma bonne tante, vous êtes lasse.

LA MÈRE JAVIN

Lasse ! j'irais à Paris pour corriger cette insolente, cette ingrate ! (*Victoire présente une chaise à la mère Javin et la fait asseoir.*) Vous avez l'air bien honnête, vous, mam'selle, que je ne connais pas ; mais Fanchette la mijaurée en faisait autant : on ne sait plus à qui se fier dans le monde.

GOTHON

Votre nièce...

LA MÈRE JAVIN

Ma nièce ! ne l'appelez plus ma nièce ; je n'en veux plus pour ma nièce.

GOTHON

Je suis de votre âge, moi, ma bonne, je vais rester auprès de vous.

JULIE

Dites donc, Marguerite, qui donc met votre tante si en colère ?

MARGUERITE

Je me doutais que Fanchette nous avait fait un conte pour se débarrasser de ma tante. Nous avons été l'épier sur le chemin de l'assemblée ; elle devait aller au bout du faubourg ; elle a été bien loin, et avec des compagnies qui... je n'en veux pas dire davantage.

VICTOIRE

Bonne manière d'en faire trop entendre.

MARGUERITE

C'est que, voyez-vous, il y en a une surtout avec laquelle je n'oserais jamais me montrer dans le monde.

VICTOIRE

Silence, Marguerite !

ROSALIE

Bah ! elle ne lui fait pas de tort. Qui est-ce qui ne la connaît pas ?

MARGUERITE

Ma Fanchette marchait la tête levée , regardant de droite et de gauche , en avant , en arrière , elle m'aurait fait baisser les yeux ; mais , sauf le respect de la compagnie , malgré ses airs , elle me faisait la figure du carlin de ces demoiselles, ou de ces petits singes dont les grandes dames s'amusent. Je me suis approchée poliment d'elle pour lui souhaiter le bonjour ; j'allais faire une grande révérence...... Zeste ! la compagnie m'a tourné le dos ; et j'ai entendu que Fanchette disait : *C'est une fille de la campagne*. Ah ! tu rougis de ma simple béguine , pauvre linotte, qui faisais si bien jaser sur son compte ! tu pourras bien avoir à regretter la fille de la campagne.

ROSALIE

Et votre tante ?

MARGUERITE

Ma tante, quand elle a vu cela, a voulu courir ; elle criait : *Fanchette ! Fanchette !* Celle-là semblait emportée par le vent ; et j'ai vu l'heure où ma pauvre tante se jetterait le nez par terre ; mais je l'ai retenue.

JULIE

Comme les langues allaient bien , n'est-ce pas, Marguerite, durant tout ce tapage ?

MARGUERITE

L'une disait : « Comme cette pauvre fille a l'air gauche ; on voit bien que c'est son étrenne. » L'autre : « Tiens, n'est-ce pas Fanchette ? où a-t-elle pris ces toilettes ? a-t-elle vendu ses béguins et ses camisoles ? si l'on aimait la médisance, il y aurait de quoi dire et de quoi supposer. — On n'aurait peut-être pas si grand tort, disait un troisième, elle est à bonne école avec mademoiselle Malvina pour en apprendre long. »

VICTOIRE

Oh ! finissez, Marguerite, c'est trop.

GOTHON *en réveillant la mère Javin*

Mais voyez donc la bonne femme comme elle s'est endormie !... elle est fatiguée !...

LA MÈRE JAVIN *en sursaut*

Ah ! ah !... Fanchette ! ingrate ! (*Elle cherche son bâton.*) Tu as pris mon bâton ! tu crois...

JULIE *en s'enfuyant*

Encore !

GOTHON

Réveillez-vous !

LA MÈRE JAVIN

Je dormais de bon cœur. Fanchette n'est pas rentrée ? (*Elle se frotte les yeux.*)

GOTHON

Vous avez besoin de repos ; il faut vous en aller chez votre sœur.

LA MÈRE JAVIN

Et Fanchette , qui la corrigera ? C'est comme cela que vous perdez la jeunesse !

GOTHON

Je m'en charge.

LA MÈRE JAVIN

Voulez-vous mon bâton ?

GOTHON

J'en trouverai bien un autre ; le vôtre vous est nécessaire.

LA MÈRE JAVIN

Ne la ménagez pas, au moins. (*A Marguerite :*) Viens, toi ; tu seras ma nièce, mon héritière : je te donnerai mon lit de plume, mon vaisselier, ma vache blanche. (*Elles s'en vont.*)

—

SCÈNE V

GOTHON, VICTOIRE, JULIE, ROSALIE, Mme CROLIN

GOTHON

Qui peut nous procurer l'honneur de votre visite à l'heure qu'il est, madame Crolin ?

ROSALIE

Ce n'est pas moi qui suis sur vos tablettes.

Mme CROLIN

Personne ne vous en demande, ma belle ; mais il y en a bien d'autres de qui je n'en dis pas autant.

GOTHON

Mais je ne pense pas qu'il y ait ici de vos débiteurs.

Mme CROLIN

J'ai beau regarder, je ne vois pas en effet Melle Malvina ; mais, avec votre permission, ma bonne dame, je l'attendrai. C'est une perfidie, un brigandage, une horreur ! Elle me disait d'un ton si mielleux : « Demain à huit heures, je serai chez vous ;

je paierai. » Et moi j'ai pu le croire un instant ! Mais je me suis ravisée : j'ai appris depuis que, cette nuit, à trois heures, la diligence devait emporter la demoiselle et mes cent francs. La police est si mal faite ! Est-ce qu'on devrait tolérer des fourberies pareilles ? jamais on ne devrait laisser partir un voyageur que quand il a payé ses dettes.

ROSALIE

Voilà une idée lumineuse, madame Crolin ; mais voulez-vous que nous arrêtions la diligence ?

Mme CROLIN

Vous ne le pouvez pas, par malheur ; car tous les honnêtes gens doivent s'entendre quand il s'agit d'empêcher le crime de réussir. Mais je sais aussi qu'elle doit passer par votre maison avant de rentrer chez elle ; et là où elle ne m'attend pas, je l'attendrai, je la surprendrai, je lui arracherai au moins quelque chose de sa dépouille. Vous ne pouvez pas me refuser ma demande ; ce serait vous rendre sa complice.

VICTOIRE

Que ferons-nous, ma chère mère ?

GOTHON

Il n'y a pas de mal, à ce qu'il me semble, que cette Malvina apprenne à rougir ; ce sera une leçon pour elle et pour Fanchette :

mais nous resterons pour tempérer un peu la vivacité de Mme Crolin. (*A Mme Crolin :*) On va vous conduire dans la pièce voisine ; de là vous pourrez entendre tout ce qu'on dira et paraître au temps propice. (*Mme Crolin sort avec Julie.*)

—

SCÈNE VI

GOTHON, VICTOIRE, ROSALIE

GOTHON

Si cette pauvre femme mettait autant d'intérêt à son salut qu'à son argent, elle serait une sainte. (*Julie rentre avec Malvina et Clélie.*) Quoi ! mademoiselle, vous voilà seule, et notre Fanchette, qu'en avez-vous fait ?

MALVINA

On dirait, bonne femme, à vous entendre, que je suis la gardienne de votre Fanchette ; je n'ai que faire d'une telle charge, et c'est par pure complaisance que nous venons vous en donner des nouvelles.

ROSALIE

Et où l'avez-vous laissée.

MALVINA

Je l'ai laissée dans un grand ennui, je vous assure, elle paie cher sa petite vanité.

CLÉLIE

Voici la vérité : pour être comme nous,

elle a pris, pour ce soir, une bague à votre dame et l'a perdue ; maintenant elle la cherche avec l'aide de Florence.

ROSALIE

O Ciel ! je ne m'en étais pas aperçue.

MALVINA

Vous sentez que nous ne pouvons garder le secret sur cette affaire, au risque d'être compromises par la disparition de cette bague.

GOTHON

Pauvre enfant ! que je la plains ! c'est vous, mesdemoiselles, qui êtes les vrais coupables ; c'est vous qui lui avez inspiré....

MALVINA

Vous m'accusez à tort ; je suis prête à répéter ce que je lui ai dit ; je prends le Ciel....

GOTHON

Arrêtez-vous, mademoiselle ; vos serments n'ajouteraient rien à vos paroles : des lèvres sans feinte n'en ont pas besoin.

CLÉLIE

C'est toujours bien extraordinaire qu'on veuille nous rendre responsables de telles sottises.

MALVINA

Ce n'est pas nous qui l'avons cherchée, ce n'est pas nous qui lui avons donné conseil. Viens, Clélie ; laissons ces dames pleurer et prêcher à l'aise sur cet accident. Tout

ce que je regrette, c'est de me trouver exposée à de pareils propos pour cette ma-
rionnette de village : il fallait la garder dans
un étui, pour mettre obstacle aux entre-
prises de sa vanité.

GOTHON

Vous lui reprochez, mademoiselle, les
défauts dont vous lui avez donné l'exemple.

MALVINA

Apprenez que je n'ai rien à craindre de
personne ! c'est la jalousie qui vous rend
mes ennemies ; ces demoiselles envient mon
éclat dans le monde, les hommages que je
reçois : ni vous ni les vôtres n'y parviendrez
jamais. Je n'ai pas besoin, comme votre
protégée, de briller aux dépens des autres.

Mme CROLIN entre impétueusement et saisit
le bras de Malvina

C'est une autre affaire que nous allons
discuter ensemble.

MALVINA

Ciel ! madame Crolin !

Mme CROLIN

Pour n'avoir rien aux autres, commencez
par quitter ce schall, ce schall cachemire qui
m'appartient. (Elle saisit le bras de Malvina.)

CLÉLIE

Cette femme a la tête tournée : comment
ne prévoit-on pas de telles folies ?

9

MALVINA

Comme elle me serre ! laissez-moi où je crie.

Mme CROLIN

Je crierai plus fort que vous, ma mignonne, et surtout mes raisons vaudront mieux que les vôtres : votre schall n'est pas payé. (*Elle avance la main pour détacher le schall.*)

MALVINA

Mais, ce n'est pas sérieux, ce n'est pas possible ! Clélie, tu ne prends donc pas ma défense ?

CLÉLIE

Arrange-toi, ma chère, il ne faut pas devoir quand on ne peut pas payer. (*Elle sort.*)

MALVINA

Mais, madame Crolin, vous ne voulez pas avoir ce schall ce soir.... je vous le rendrai demain.

Mme CROLIN

Ah ! oui, demain ! tu crois m'y prendre.! fourbe insigne, et la voiture qui t'attend : je m'attacherais à la portière plutôt que de te relâcher.

MALVINA

Par pitié ! madame Crolin, laissez-moi aller au moins jusque chez moi.

Mme CROLIN

Non, pas de pitié ! tu ne le mérites pas.

MALVINA

Venez avec moi.

Mme CROLIN

J'ai bien d'autres choses à faire que de te suivre ; je ne veux pas faire tort à ma réputation. En attendant, j'emporte mon bien. (*Elle plie le schall.*) Ah ! pauvre schall ! aurais-je cru jamais que tu reverrais la boutique ! voilà ce que c'est que de montrer de l'énergie.... Et demain le juge de paix. (*Elle s'en va.*)

MALVINA

Quoi ! Clélie m'a quittée ! Me laisserez-vous, mesdemoiselles, à cette heure, dans cet état, retourner chez moi seule ? je resterais plutôt.

VICTOIRE

Non, mademoiselle, je vais avec vous ; mais vous allez vous envelopper de manière à ce qu'on ne puisse vous reconnaître. (*Elle jette une grande cape sur Malvina.*)

MALVINA

Il faut boire l'humiliation jusqu'à la lie.

—

SCÈNE VII

GOTHON, ROSALIE, JULIE

JULIE

Elle ne s'attendait pas recevoir sitôt le prix de sa journée cette demoiselle Malvina. Pour elle je ne la plains pas beaucoup ; mais, ce

qui me désole, c'est cette pauvre Fanchette.
Si je pouvais l'aider moi-même à chercher
sa bague, j'y courrais de suite.

ROSALIE

C'est dommage que tu ne saches pas où
elle est. Pour moi, la bague me donne aussi
beaucoup d'inquiétude ; mais, sans cela, je
serais enchantée de voir ainsi son caquet
rabattu : elle devenait insupportable depuis
quelque temps ; elle ne rêvait, elle ne parlait que de ses ajustements.

JULIE

Elle n'avait plus l'air d'aimer le travail ;
elle s'en prenait presque au bon Dieu de
l'avoir fait naître dans une condition où
c'était sa seule ressource.

GOTHON

Voilà sans doute pourquoi le bon Dieu l'a
punie : mais c'est à nous maintenant à adou-
cir son châtiment le plus qu'il nous sera
possible.

JULIE

Mais, maman, j'ai grand peur ! le bon Dieu
Dieu punit-il toujours la vanité si vite et si
fort ! vous m'avez dit que j'en avais quelque
brin.

GOTHON

Le bon Dieu, ma fille, t'envoie cet
exemple pour t'avertir ; et je crois ton
cœur trop innocent encore pour provo-

quer ainsi sa colère : mais prends garde à
l'avenir.

ROSALIE

Si le bon Dieu même punissait toutes
celles qui sont aussi coupables que Fanchette, on verrait de bien tristes choses en
ce monde.

GOTHON

Quand il punit dès ce monde, c'est souvent une preuve de son amour ; car cela
aide à sortir de la mauvaise voie : mais
celle qui s'endort dans le péché aura un
triste réveil.

JULIE

Je voulais vous en citer beaucoup que le
bon Dieu n'a pas corrigées ; mais je comprends pourquoi maintenant.

ROSALIE

Il y en a qui sont sourdes à ses avertis-
sements, comme pourrait être cette demoiselle Malvina ; ce sont les plus malheureuses.

GOTHON

Nous n'avons plus rien à faire pour cette
demoiselle Malvina. Fanchette seule doit nous
occuper : si elle a retrouvé sa bague, ne lui
ménageons pas les reproches ; mais, si elle
l'a perdue, je crois que la leçon sera suffi-
sante ; car je ne sais trop quel remède elle
y apportera ; elle en souffrira plus qu'elle ne
pense.

ROSALIE

J'aime cette demoiselle Florence ; elle paraît moins mauvaise que les autres.

JULIE

Le bon Dieu la ramènera peut-être à lui, à cause de cet acte de charité.

SCÈNE VIII ET DERNIÈRE

GOTHON, JULIE, ROSALIE, FANCHETTE *qui s'appuie sur* FLORENCE, VICTOIRE *entre sur la fin de la scène.*

JULIE

Comme cette pauvre Fanchette est pâle !

GOTHON

Vous vous êtes donc trouvée malade, Fanchette ?

FANCHETTE

Ah, je ne suis guère mieux ! si vous saviez....

FLORENCE

Disons tout de suite ce qui en est : Fanchette n'avait pas de mauvaise intention ; elle a pris la bague...

GOTHON

Nous savons tout.

FANCHETTE

Quoi ! Malvina vous l'a dit ? et si je l'eusse retrouvée ?... Elle me trahira jusqu'au dernier moment.

ROSALIE

Ne méritons-nous pas autant de confiance
que Malvina ?

FANCHETTE

Ah ! oui, je l'avoue, mais trop tard. Que
faire pour réparer mon malheur ?

FLORENCE

Que va penser votre maîtresse ?

ROSALIE

On ne peut le lui cacher ; mais ce n'est
pas moi qui le lui dirai : elle croirait peut-
être que j'étais de la partie.

FANCHETTE

Jamais je ne pourrai lui avouer. Eh quoi !
personne ne voudra m'excuser auprès d'elle ?

ROSALIE

Ce n'est pas aussi facile que tu le penses,
Fanchette, la mère Gothon seule pourrait
être écoutée de madame dans une pareille
circonstance.

JULIE

Moi, je vais prier maman pour la pauvre
Fanchette ; car elle sent bien qu'elle ne peut
le faire elle-même. N'est-ce pas, maman,
vous ne garderez pas de rancune pour toutes
ses malhonnêtetés ?

GOTHON

Je n'y pensais même pas, ma fille : la
seule chose qui m'occupe, c'est de savoir
ce que je pourrai dire.

FLORENCE

Ne faudrait-il pas chercher à offrir à votre dame l'argent de la bague ? sans cela, on aurait l'air de lui déguiser un vol qui pourtant n'existe pas.

FANCHETTE

J'aurais mieux aimé mourir.

GOTHON

Le pas est glissant, ma fille. En attendant, la réflexion de mademoiselle Florence est très-juste. Tu t'exposais à te faire mettre entre les mains de la justice ; tu compromettais ta compagne innocente.

ROSALIE

Voyez donc à quoi j'étais exposée.

GOTHON

Vois, Fanchette, si on l'eût traînée devant les tribunaux.

FANCHETTE *(elle laisse tomber sa tête dans sa main)*

Ah ! mon Dieu ! le désespoir m'aurait ôté la vie !... Et ma pauvre mère !... Pouvais-je soupçonner tout cela ?

ROSALIE

Voilà ce que c'est que de ne pas réfléchir ? En attendant, j'en reviens à l'argent, comme l'a dit mademoiselle Florence.

FANCHETTE

Je n'ai plus rien, que voulez-vous que

je fasse? je vendrais de bon cœur ma fatale
robe.

ROSALIE

Tu n'en retirerais pas le quart de ce qu'elle
te coûte.

JULIE

J'aurai encore recours à ma bonne mère.
(*A Gothon :*) Si vous voulez que je lui prête
ma bourse ; Victoire, j'en suis sûre, donnera le reste, et elle nous le rendra plus
tard ; car vraiment elle est trop jeune pour
lui faire l'aumône.

ROSALIE

J'offrirais bien quelque chose aussi , s'il le
fallait ; mais...

GOTHON

Il ne faut jamais donner de mauvais cœur,
ma pauvre Rosalie.

ROSALIE

J'ai bien mes raisons : après le danger
qu'elle m'a fait courir....

FANCHETTE

Ah ! je t'en supplie, pardonne-moi tout
ce dont je suis coupable, et vous, mère
Gothon ! et toi, ma bonne petite Julie ?

JULIE (*Victoire arrive*)

Justement, voilà Victoire ! N'est-ce pas ,
ma sœur, que tu aideras Fanchette à payer
sa bague ?

VICTOIRE

Elle l'a donc perdue ?

FLORENCE

Il a été impossible de la retrouver.

VICTOIRE

Je ferai avec plaisir tout ce que ma mère autorisera.

GOTHON

Dans une telle circonstance il faut bien, je le vois, que je me charge de tout ; j'instruirai madame de ce qui s'est passé. Mais, dis-moi, Victoire, qu'as-tu fait de ta demoiselle ?

FLORENCE

Quoi ! c'est vous qui avez reconduit Malvina ?

VICTOIRE

Malvina, elle n'est pas au bout de ses peines. Madame Crolin ne se contente pas du schall qu'elle lui a enlevé ici, elle a été à la voiture publique retenir ses paquets ; elle a mis tout le quartier en rumeur : Malvina ne sait plus où donner de la tête.

FLORENCE

Elle qui nous provoquait si bien à faire de la dépense, qui nous humiliait si souvent de son orgueil ! elle ne disait pas que tout n'était qu'affaire de crédit et d'emprunt : mais je puis vous assurer que jamais on ne me reverra sur ses pas. Si j'osais, mademoiselle

Victoire, vous prier de m'admettre au nombre de vos compagnes !

VICTOIRE

Avec plaisir, mademoiselle Florence ; mais votre costume vous distinguerait trop de nous : nous ne sommes pas gens de si haute condition.

FLORENCE

Je ferai tout ce que vous voudrez, mademoiselle Victoire, pour obtenir cet avantage.

FANCHETTE

Et moi, hélas ! que deviendrai-je ? Bonne mère Gothon, en vain vous aurez parlé pour moi, madame ne voudra jamais me garder auprès d'elle : je serai forcée de perdre une si bonne maîtresse.

GOTHON

Je ne puis te promettre d'obtenir pour toi la grâce de rester ; tout ce que je puis faire, c'est qu'on ne te croie pas aussi coupable que ta conduite semblerait le dire : autrement, tu serais perdue pour jamais.

FANCHETTE

Je n'aurai d'autre ressource que de retourner à mon village.

ROSALIE

C'est là, je crois, le plus sûr ; ta vieille tante pourra, demain, te reconduire.

FANCHETTE

S'il le faut, dès ce soir.

GOTHON

Non; cherche un peu de repos : mais n'oublie pas auparavant de demander ton pardon au bon Dieu par une bonne et fervente prière (*toutes sortent*); car c'est encore avec lui qu'il importe le plus de se réconcilier.

FIN

— Lille. Typ. L. Lefort. 1860. —

1835.